Kim Lawrence
El príncipe heredero

Editado por HARLEQUIN IBÉRICA, S.A.
Núñez de Balboa, 56
28001 Madrid

© 2014 Kim Lawrence
© 2014 Harlequin Ibérica, S.A.
El príncipe heredero, n.º 2339 - 8.10.14
Título original: The Heartbreaker Prince
Publicada originalmente por Mills & Boon®, Ltd., Londres.

I.S.B.N.: 978-84-687-4735-4
Depósito legal: M-23652-2014
Editor responsable: Luis Pugni
Impresión en CPI (Barcelona)
Fecha impresion para Argentina: 6.4.15
Distribuidor exclusivo para España: LOGISTA
Distribuidor para México: CODIPLYRSA
Distribuidores para Argentina: interior, BERTRAN, S.A.C. Vélez
Sársfield, 1950. Cap. Fed./ Buenos Aires y Gran Buenos Aires,
VACCARO SÁNCHEZ y Cía, S.A.

Capítulo 1

HANNAH estaba despierta cuando oyó la llave en la cerradura. Aparte de algunos ratos aislados, no había dormido desde hacía cuarenta y ocho horas, pero estaba tumbada con un tubo fluorescente encima de la cabeza. Dio un respingo y se sentó en el borde de la cama metálica. Se apartó el pelo de la cara, se entrelazó las manos sobre el regazo y consiguió poner una expresión de serenidad porque quería conservar cierta apariencia de dignidad. Parpadeó para contener las lágrimas, se mordió el labio inferior y estiró la espalda. Por el momento, esos malnacidos no tendrían el placer de verla llorar.

Eso era lo que pasaba cuando querías demostrar... ¿Qué? ¿A quién? ¿A la prensa sensacionalista? ¿A su padre? ¿A ella misma? Tomó aliento. La verdad era que el embrollo era monumental. Debería haber aceptado lo que pensaba todo el mundo. No estaba preparada para los pensamientos serios o el trabajo sobre el terreno. Tenía que conformarse con el trabajo de despacho y las uñas perfectas... Se miró las uñas mordidas y contuvo un arrebato de histeria.

«Tienes que tragar sapos y culebras, Hannah». Siempre le había parecido una frase absurda, casi tan absurda como creer que trabajar en el despacho de una organización benéfica la habilitaba para trabajar sobre el terreno.

Bajó los párpados como un escudo y se puso en tensión justo antes de que la puerta se abriera.

–No tengo hambre, pero quiero pasta de dientes y un cepillo. ¿Cuándo podré ver al cónsul británico? –preguntó por enésima vez.

No esperaba una respuesta. No le habían respondido ni a eso ni a nada de lo que había preguntado desde que la detuvieron en el lado equivocado de la frontera. La geografía nunca había sido su fuerte. No le habían dado una respuesta, pero sí le habían repetido la mismas preguntas una y otra vez. Preguntas y silencios incrédulos. La ayuda humanitaria no se entendía en el lenguaje militar de Quagani. Les había dicho que no era una espía y que no pertenecía a ningún partido político. Además, se rio cuando le enseñaron un foto suya con una pancarta contra el cierre de un colegio infantil, lo cual, pudo ser una mala idea. Cuando no la acusaban de ser una espía, la acusaban de ser traficante de drogas y lo justificaban con las cajas de valiosas vacunas que ya eran inservibles porque no las habían mantenido refrigeradas.

El primer día se aferró a la idea de que no tenía nada que temer si decía la verdad, pero, en ese momento, le parecía increíble que hubiese sido tan ingenua.

Habían pasado treinta y seis horas, la noticia no había llegado a los titulares y el engranaje diplomático no se había puesto en marcha cuando el rey de Surana llamó por teléfono a su homólogo de un país vecino, el jeque Malek Sa'idi.

Dos hombres esperaban el resultado de esa conversación y los dos tenían un interés personal. El mayor tenía sesenta y pocos años, una barba desaliñada y el pelo entrecano y rizado le llegaba hasta el cuello de la camisa. Era de estatura mediana y parecía un sabio distraído con la chaqueta de tweed y los calcetines de colores distintos. Sin embargo, las gafas de montura de concha ocultaban unos ojos duros y perspicaces y el pelo descuidado, un cerebro que, mezclado con su tendencia al riesgo y su carácter implacable, había conseguido que perdiera dos fortunas antes de cumplir los cincuenta años. En ese momento, volvía a estar al borde del éxito o de la ruina económica, pero no estaba pensando en eso. Solo había una cosa que le importara más a Charles Latimer: su única hija. Su cara de póquer había desaparecido y era un padre aterrado.

El otro hombre tenía el pelo moreno y muy corto, medía casi dos metros y sus amplias espaldas le habían permitido entrar en el equipo de remo del colegio y la universidad. El remo no podía ser una profesión, según su tío, y, por eso, sus primeros Juegos Olímpicos fueron los últimos. Tenía una medalla de oro, pero estaba olvidada en algún cajón. Le gustaba esforzarse y ganar, pero no le importaban los premios. Las idas y venidas de Charles Latimer contrastaban con la inmovilidad de ese joven, quien, aun así, tenía algo que parecía a punto de estallar. Era de una generación distinta que la del padre angustiado. En realidad, ese día cumplía treinta años. No había pensado celebrarlo así, pero su actitud no dejaba entrever su fastidio. Había aceptado que el deber estaba por encima de sus sentimientos.

Se levantó repentinamente y con una tensión que su expresión disimulaba. Alto y elegante, se dirigió en silencio hasta el ventanal y lo abrió por la claustrofobia. El sonido del agua del patio amortiguó la voz de su tío y el aire era húmedo y olía a jazmín, pero no quedaba ni rastro de la tormenta de arena que los recibió cuando habían aterrizado. Habría unos veinte grados más que en

Antibes. Entrecerró los ojos y vio a Charlotte Denning, a su cuerpo esbelto y bronceado en una tumbona junto a la piscina que, con una botella de champán en hielo, estaba dispuesta a cumplir la promesa de ofrecerle un cumpleaños especial. Recién divorciada, estaba recuperando el año que había perdido casada con un hombre que no tenía el mismo apetito sexual que ella. En resumen, era su mujer ideal. Sin embargo, se enfadaría cuando él no se presentará y se enfadaría más todavía cuando se enterara del motivo; aunque el matrimonio no lo descartaba. Conociendo a Charlotte, lo más probable era que le diese una emoción especial e ilícita.

Ya no habría emociones. El matrimonio sí descartaría a todas las Charlottes del mundo para él. Tenía los recuerdos para mantenerlo vivo. La sonrisa irónica dejó pasó a un gesto de firmeza. Se casaría porque era su deber. Para algunos afortunados, el deber y el deseo eran lo mismo y él había llegado a considerarse uno de esos afortunados.

Tomó una bocanada de aire y cerró el ventanal. No quería que el resentimiento y la compasión de sí mismo se adueñaran de él. Si alguna vez pensaba que había salido malparado, se recordaba que estaba vivo, al contrario que Leila, su pequeña sobrina. Ella murió cuando el avión que la llevaba con sus padres se estrelló contra la ladera de una montaña y provocó un alud de conjeturas que cambió su porvenir para siempre. Él tenía un porvenir que había heredado del padre de Leila. Desde que se convirtió en el heredero, había pensado en el matrimonio como algo que sucedería antes o después. Puesto que el tiempo era limitado, se había propuesto disfrutarlo y había conseguido labrarse una reputación. Alguien lo llamó «el príncipe rompecorazones» y el título se le quedó para siempre.

En ese momento, una serie de circunstancias inusitadas se habían aliado para proporcionarle una novia prefabricada y con una reputación a la altura de la de él. No sería un matrimonio de doce meses, sería una cadena perpetua con «Hannah la Inhumana».

–Resuelto –Kamel se dio la vuelta y asintió con la cabeza–. Todo se pondrá en marcha.

El rey colgó el teléfono y Charles Latimer lloró para sorpresa de todos, y de él mismo.

Kamel tardó menos de una hora en organizar las cosas y volvió para informar a los dos hombres mayores. Como cortesía, su tío respaldó el plan y se dirigió a su amigo de universidad y socio empresarial.

–Esta noche la tendrás contigo, Charlie.

Kamel podría haber matizado que la tendría con él, pero se contuvo. Era una cuestión de prioridades. Primero liberaría a la chica y después lidiaría con las consecuencias. Aunque sí se había sentido obligado a comentar una posibilidad que no había podido tener en cuenta.

–Naturalmente, si está histérica o...

–No te preocupes. Hannah es dura e inteligente. Saldrá por sus medios.

En esos momentos, tenía que comprobar si esa confianza paternal estaba justificada. Lo dudaba. Le parecía que lo más probable era que su padre no hubiera querido creer otra cosa, que había mimado a su hija toda su vida, que había muy pocas posibilidades de que una chica inglesa y malcriada hubiese soportado medio día en un calabozo sin desmoronarse.

Por eso, habiéndose preparado para lo peor, debería sentirse aliviado al comprobar que el objeto de su misión de rescate no era la histérica que había previsto. Sin embargo, por algún motivo, esa mujer asombrosamente hermosa que estaba sentada en un camastro con las manos entrelazadas sobre el regazo y que tenía la cabeza levantada con arrogancia no lo llenó de alivio ni admiración, sino que le produjo un arrebato de furia. ¡Era increíble! La gente estaba removiendo Roma con Santiago por su culpa y ella estaba allí sentada como si hubiese entrado el mayordomo, un mayordomo al que ni siquiera se dignaba a dirigirse. ¿Era demasiado estúpida como para no entender lo peligrosa que era su situación o estaba tan acostumbrada a que su padre la sacara de las situaciones comprometidas que se creía que era invulnerable?

Entonces, ella giró la cabeza, levantó las pestañas y Kamel se dio cuenta de que estaba aterrada. Se acercó un poco y casi pudo oler la tensión de sus músculos y el tenue sudor sobre su piel blanca. Frunció el ceño. Había conservado la compasión para quienes se la merecían. Hannah Latimer, aterrada o no, no se la merecía. Ese embrollo lo había organizado ella sola.

Sin embargo, era fácil ver que los hombres iban tras ella aunque fuese venenosa. Incluso él había sentido un mazazo de atracción, hasta que, afortunadamente, abrió la boca. Tenía una voz tan cortante como su perfil y una actitud desdeñosa que no podía haberle granjeado muchos amigos por allí.

—Exijo ver inmediatamente a...

Se quedó callada, abrió los ojos color violeta y contuvo el aliento cuando vio que el hombre que había entrado no llevaba una bandeja con un brebaje incomible.

Había habido distintos interrogadores, pero solo dos

centinelas, que no habían abierto la boca. Uno era bajo y gordo y el otro alto y maloliente. Ese hombre también era alto, muy alto, pero, aparte de la estatura, no se parecía en nada al carcelero hediondo. No llevaba el uniforme andrajoso de los centinelas ni el uniforme aparatoso del hombre que había estado sentado durante los interrogatorios. Ese hombre estaba perfectamente afeitado y llevaba los protocolarios ropajes blancos como la nieve de la gente del desierto. La tela llevó un olor a aire puro y a hombre limpio dentro de la celda. Aunque era estrambótico, llevaba un rollo de seda azul debajo de un brazo. Su mirada fue de ese objeto incongruente a su rostro.

De no haber sido por la pequeña cicatriz que tenía en la piel dorada y la nariz levemente desviada, habría sido magnífico, por eso, solo era hermoso. Miró sus sensuales labios y desvió la mirada justo antes de que hablara sin acento ni calidez.

—Tiene que ponerse esto, señorita Latimer.

El miedo le atenazó las entrañas por la delicada e implacable orden.

—No... —susurró ella entre los labios temblorosos.

Ese hombre representaba la pesadilla que había conseguido mantener a raya y hasta ese momento la habían tratado civilizadamente, aunque sin amabilidad. No había visto a ninguna mujer desde que la detuvieron y estaba a merced de unos hombres que a veces la miraban... Se acordó de la mirada del hombre que presenciaba sentado los interrogatorios y se estremeció de espanto. La gente en su situación desaparecía sin más.

Miró fijamente la tela azul y la mano que se la entregaba y se levantó demasiado deprisa. El cuarto empezó a dar vueltas mientras intentaba concentrarse en la seda azul contra las paredes blancas. Azul, blanco...

Azul, blanco... Se le doblaron las piernas, se sentó en el camastro y bajó la cabeza sobre las rodillas. Se refugió tras un aire de desdén gélido, como había hecho siempre.

—No necesito cambiarme de ropa. Estoy bien con esta.

Se tocó la camisola que le llegaba hasta la mitad de las pantorrillas y le miró el pecho. Él puso las manos en sus hombros y detuvo el leve balanceo, pero no los espasmos de miedo que sentía por todo el cuerpo.

Kamel estaba dominando la furia y el rencor. No quería estar allí, no quería estar haciendo eso y no quería sentir empatía por esa niña mimada. ¿Había sentido algún remordimiento por toda la destrucción emocional que había dejado a su paso? ¿Había sentido algo? Sin embargo, no había salido impune. Un periodista había relacionado el accidente de coche de su primera víctima con la boda cancelada. *Llevado al límite,* dijo el titular y los medios de comunicación crucificaron a Hannah la Inhumana. Quizá, si hubiese mostrado algún sentimiento, los medios se hubiesen ablandado cuando se comprobó que ese hombre conducía bebido cuando se cayó por el puente, pero ella se había limitado a levantar su aristocrática nariz y a no hacer caso de las cámaras.

Él estaba en Londres en aquella época y había seguido la historia porque conocía a su padre y porque, como el hombre que había destrozado el coche, sabía lo que se sentía cuando se perdía el amor con el que habías pensado pasar la vida. Aunque Amira no lo había dejado tirado; si él no la hubiese soltado, ella se habría casado con él en vez de hacerle sufrir. Ella había sido todo lo que no era esa mujer.

Sin embargo, al mirar ese rostro perfecto, era fácil sentir algo que se parecía peligrosamente a la lástima.

Sofocó sin reparos ese sentimiento. Se merecía todo lo que iba a pasarle. Si había alguna víctima, era él. Afortunadamente, no tenía ilusiones románticas sobre el matrimonio, al menos, sobre el suyo. No sería un matrimonio por amor. Había amado y había perdido y no se creía, como todo el mundo, que eso fuese preferible a no haber amado. Aun así, era un error que no iba a repetir en el futuro. Solo un imbécil estaría dispuesto a exponerse a ese sufrimiento otra vez. Quería un matrimonio de conveniencia, pero, aun así, había esperado que pudiera respetar a la esposa.

¿Por qué ese bombón sin cerebro no había encontrado sentido a la vida comprándose unos zapatos? Estaba seguro de que su querido padre, aunque estuviese al borde del cataclismo económico, le habría comprado la tienda entera. Sin embargo, había decidido convertirse en un ángel misericordioso. Aunque podía entender el delirio egoísta que la había llevado a hacer eso, no podía entender que ninguna organización médica sin ánimo de lucro la hubiese aceptado.

—Le he pedido que se ponga esto, no que se quite nada.

Kamel dejó escapar un resoplido de fastidio mientras ella se quedaba sentada y lo miraba como una virgen en el altar de sacrificios, aunque la señorita Hannah Latimer no tenía nada ni remotamente virginal, algo que era lo que menos le importaba de su futura esposa.

Hannah rebuscó en las reservas que no sabía que tenía y se levantó.

—Si me toca, lo denunciaré, y cuando salga de aquí... —más bien, si salía de ahí—. Voy a marearme.

—No —replicó Kamel—. Si quiere salir de aquí, haga lo que le digo y póngase esto.

Ella retrocedió con la respiración entrecortada, los ojos muy abiertos y los brazos extendidos.

–Si me toca...

¿Qué? ¿Iba a gritar? ¿Quién acudirá?

–Le aseguro que el sexo es lo último que se me pasa por la cabeza, y si no lo fuese... –la miró con desdén de los pies a la cabeza–. No le pido que se desnude. Le pido que se tape.

Ella casi ni lo oyó. La pesadilla estaba adueñándose de ella.

Kamel había vivido casi de todo, pero era la primera vez que una mujer lo miraba como si fuese una pesadilla hecha realidad. Dominó el impulso de zarandearla y consiguió darle un tono tranquilizador a su voz mientras se acercaba.

–Su padre me pidió que le dijera que... –¿cómo se llamaba ese maldito perro?–. Que Olive tuvo cinco cachorros.

Se le había ocurrido en el último momento. Necesitaba algún detalle que no supiese un desconocido, algo que lo identificara como a uno de los buenos.

Hannah se quedó petrificada y sus ojos desorbitados volvieron a mirarlo cuando oyó hablar del perro que había rescatado y adoptado.

–Sí, soy el séptimo de caballería –la miró mientras ella suspiraba y cerraba los ojos–. Tápese, por favor –se fijó en su pelo rubio, lacio y enmarañado–. Además, dé gracias por tener mal el pelo.

Ella no había oído nada después de «caballería» y le daba vueltas a la cabeza.

–¿Le ha mandado mi padre?

Ella sonrió. ¡Su padre había acudido! Respiró y dio gracias en silencio a su padre ausente. Tomó la tela y la miró. ¿Qué esperaba que hiciera con eso?

–¿Quién es usted?

¿Era un actor, un mercenario, un funcionario corrupto? ¿Era alguien dispuesto a hacer cualquier cosa por dinero o por descargar adrenalina?

—Su billete para salir de aquí —contestó él.

Ella asintió con la cabeza. Lo importante era que, fuera como fuese, había llegado hasta allí y representaba un atisbo de libertad. Apretó las mandíbulas y sintió un optimismo que no había sentido durante todo el encarcelamiento.

—¿Papá está...?

—Olvídese de su padre —le interrumpió él con firmeza—. Concéntrese y no se distraiga.

El tono hizo que recuperara el poco dominio de sí misma que tenía. Él no iba a ofrecerle un hombro para que llorara, y le parecía bien. Si después de dos compromisos fallidos una chica no había aprendido que solo podía confiar en sí misma, se merecía todo lo que le pasaba.

—Sí, claro.

Hannah agarró la tela azul con los dedos temblorosos y se desenrolló hasta que llegó al suelo. Tomó aliento, lo soltó, levantó la barbilla y lo miró con algo parecido a la serenidad.

—¿Qué quiere que haga?

Él, involuntariamente, sintió una punzada de admiración.

—Quiero que mantenga la boca cerrada, que se tape la cabeza y que me siga.

Él se inclinó, tomó la tela de su mano, terminó de extenderla y la envolvió tapándole la cabeza y casi toda la espantosa camisola. Luego, retrocedió, la miró, asintió con la cabeza y le pasó la tela que quedaba por encima de un hombro. Dejó una mano en el hombro y su contacto la tranquilizó más que su mirada inflexible.

—¿Podrá hacerlo?

–Sí –contestó ella esperando que fuese verdad.

–Muy bien. Saldrá de aquí con la cabeza alta. Canalice todo su... Limítese a ser usted misma.

–¿Y van a dejar que nos marchemos sin más?

La seguridad de él era casi disparatada, pero, seguramente, era algo positivo si tenía que organizar la fuga de una cárcel.

–Sí –contestó él.

–No sé por qué lo han dejado entrar, pero...

–Me han dejado entrar porque, si me lo hubiesen impedido, habría sido una ofensa y tienen que compensar muchas cosas.

Ellos podían detener, interrogar y encarcelar a un extranjero por acusaciones que conllevaban la pena de muerte, pero no a la futura esposa del heredero del trono de Surana.

Quizá, si hubiese elegido otro momento para cruzar la frontera, la influencia de su tío habría bastado para liberarla, pero Hannah Latimer, con un sentido de la oportunidad increíble, se había encontrado con una patrulla fronteriza cuando la familia gobernante de Quagani era políticamente vulnerable. Las facciones rivales la acusaban de no poder defender el país contra la explotación extranjera y la familia real había reaccionado promoviendo una política draconiana e intolerante. No habría segundas oportunidades ni compasión ni casos especiales... casi. Su tío no había ordenado ni había jugado la carta del deber, había hablado de una deuda que tenía con Charles Latimer y, con una humildad impropia de él, le había preguntado a Kamel si se casaría con Hannah Latimer.

–No es la mujer ideal ni la que habría querido para ti –reconoció el rey–, pero estoy seguro de que encauzándola... Recuerdo que era una niña encantadora, se parecía mucho a su madre, la pobre Emiliy –añadió el rey con un suspiro.

–Ha crecido.

–Tú decides, Kamel.

Era lo primero que le pedía su tío, quien no solo era su rey, sino que también era el hombre que lo acogió cuando murió su padre y que lo había tratado como a un hijo. No dudó la respuesta.

Hannah captó la ironía en la voz de su rescatador, pero no supo qué quería decir.

–No entiendo ni una palabra de lo que está diciendo.

–Ya lo entenderá.

A pesar de la sonrisa, ella percibió la amenaza que se reflejaba en su mirada desolada.

–Nadie le preguntará nada –siguió él–, pero, si le preguntan algo, no abra la boca, échese a llorar.

Eso no le costaría ningún esfuerzo, aunque andar iba a costarle más porque tenía las rodillas como algodón.

–Finja que está escapando de algún majadero en el altar.

Ella abrió como platos los ojos color violeta. Su reputación la había seguido hasta una cárcel en el extremo opuesto del mundo. Paradójicamente, había ido hasta allí con la esperanza de rehacer su reputación, o, al menos, de escapar de las cámaras.

–Creo que tiene alguna experiencia –añadió él en un murmullo antes de elevar la voz autoritariamente para dirigirse a los centinelas.

Ella no entendió lo que dijo, pero el efecto fue mágico. Los centinelas se quedaron con la cabeza inclinada a los lados de la puerta abierta y unos hombres uniformados se pusieron firmes en el pasillo. El hombre volvió a hablar y los centinelas inclinaron más la cabeza. Ella lo miró atónita, no solo por la reacción de todos, sino por el hombre en sí. Había adoptado una personalidad completamente nueva y le sentaba tan bien como esos ropajes. Evidentemente, estaba inmerso en su personaje y había cambiado hasta el lenguaje corporal. La arrogancia permanecía, pero estaba mezclada con una autoridad altiva. ¿Qué estaba pasando? Había creído que tendría que escabullirse por una puerta lateral, no que fuera a marcharse sobre una alfombra roja. Como una sonámbula, acompañó a ese hombre tan alto por el pasillo. Nadie los miró directamente y el silencio era tan intenso que podía palparlo.

Una vez fuera, el calor fue como un puñetazo, pero lo prefería a la celda de seis metros cuadrados. Empezó a sudar, pero no por el calor, sino por el miedo a que los descubrieran y volvieran a encerrarla. Un perro empezó a ladrar y a tensar la correa. ¿Sería verdad que los perros podían oler el miedo? Mientras el centinela intentaba dominar al animal, el hombre que la acompañaba se dio la vuelta, chasqueó los dedos y miró al perro, que se tumbó entre gemidos. Ella pensó que había sido un buen truco y perdió un poco el equilibrio cuando un avión pasó por encima de sus cabezas. Había oído muchas veces ese ruido durante los últimos días, pero era menos estruendoso en la celda.

—No pasa nada —farfulló él mientras la agarraba de la cintura.

En ese momento de contacto, se percató de que su cuerpo era puro músculo y disfrutó de la sensación de seguridad antes de que la soltara. Además, se dio cuenta por primera vez de que la habían encarcelado en una base militar. Como si parte de su fuerza se le hubiese contagiado, se sintió más segura y pudo adoptar una actitud fatalista cuando se les acercó un hombre de aspecto malvado, con unas espaldas del tamaño de un armario de tres cuerpos y vestido con unos ropajes como los del hombre que iba con ella. Quiso salir corriendo por instinto de supervivencia, pero su acompañante la agarró de la mano y se detuvo. Ella empezó a sudar debajo de la seda azul.

–Le presento a Rafiq.

Entonces, era un amigo, no un enemigo. Consiguió esbozar una sonrisa vacilante cuando el hombre descomunal inclinó la cabeza antes de contestar con una palabra a todas las preguntas que le hizo su acompañante.

–¿Todo está arreglado? –preguntó ella sin poder contenerse.

–¿Se refiere a si va a eludir la justicia?

–¡Soy inocente!

Su rescatador sonrió con sarcasmo y ella tuvo la sensación de que no era un admirador, aunque le daba igual si la sacaba de allí.

–Todos somos culpables de algo, ángel. Nadie da algo a cambio de nada, pero sí, su taxi está esperándola.

Hannah miró hacia donde él había señalado con la cabeza y vio un avión con un emblema que le resultó vagamente conocido.

Capítulo 2

S E LE aceleró el corazón al ver el avión privado. La fuga inminente y la posibilidad de que su padre estuviera esperándola dentro se mezclaron con el convencimiento de que alguien los sorprendería. Que la atraparan cuando tenía la libertad al alcance de la mano sería más insoportable que no haberla esperado nunca.

–Ánimo.

Giró la cabeza tan bruscamente que la seda se le apartó de la mejilla. No podía creerse que él estuviera tan tranquilo. ¿Tenía hielo en las venas? No, se notaba muy bien la calidez de su mano en el codo. Se colocó bien la seda y vio que alguien se acercaba por la pista de aterrizaje. Abrió los ojos como platos por el pánico.

–No corra.

–Él...

Kamel la observó pasarse la lengua por los labios resecos mientras miraba de un lado a otro como un animal acorralado, pero siguieron acercándose al coronel que llevaba un bastón con aire de suficiencia y que iba flanqueado por unos escoltas armados.

Kamel no tardó ni un segundo en sentir un destello de rabia vengativa que le recordó a una vez en su juventud, cuando, después de haberse escapado de las medidas de seguridad que detestaba, se encontró con tres chicos mucho mayores que él en un callejón solitario. Al principio, no supo qué era lo que pateaba uno de ellos entre las risas de todos. Fueron esas risas las que hicieron que reaccionara con una rabia cegadora. Cuando llegó más tarde al palacio, tenía peor aspecto que el desdichado perro al que el trío había pateado sin compasión. Había terminado liberando al perro, pero no por la fuerza, sino porque les había ofrecido el anillo que llevaba. Su padre, la antítesis del padre autoritario, se sintió más perplejo que enfadado al descubrir que el anillo había desaparecido.

–¿Has dado una herencia que no tiene precio por este saco de pulgas? –le preguntó antes de recordarle lo importante que era la educación.

Fue una lección importante, pero sobre la negociación, no la educación. En una situación complicada, una cabeza fría solía dar mejores resultados que la fuerza física. En ese momento, dominó la furia instintiva, calibró al hombre que se acercaba y supo que había conocido a muchos como él. Era un matón que disfrutaba intimidando a quienes dominaba.

–¿Le interrogó él?

–Observaba.

También golpeaba el suelo con el bastón, recordó ella con un estremecimiento. Su silencio le había parecido más amenazante que los hombres que le hacían las preguntas. Su silencio y su mirada.

–Levante la cabeza –le dijo él inexpresivamente–. No puede hacerle nada.

–Alteza, he venido para presentaros mis más sinceras disculpas por este malentendido. Espero que la señorita Latimer no se lleve una mala impresión de nuestro precioso país.

Le había llegado el turno de sonreír y de mentir entre dientes. Era un talento que había desarrollado hasta el punto que su diplomacia parecía natural, aunque muchas veces disimulaba instintos poco civilizados. Abrió los puños que había cerrado instintivamente, pero una repentina actividad cerca del avión le ahorró tener que decir las palabras que se le habían formado en la garganta.

Algo se acercó por el cielo entre chillidos y un hombre levantó una pistola. Kamel, haciendo alarde de sus reflejos, agarró el brazo de ese hombre y lo obligó a que soltara la pistola, que cayó al suelo y disparó una bala contra una pared de ladrillos.

—Tranquilo, solo es...

Se calló cuando el halcón descendió con las garras extendidas hacia la cabeza del coronel. Su gorra salió volando y él se protegió la cabeza mientras el halcón, con la capucha puesta, descendía otra vez y se elevaba con lo que parecía un animal muerto.

El coronel se quedó con las manos sobre la cabeza calva. Kamel dejó escapar un silbido y extendió un brazo. El halcón se posó en su muñeca.

—Ya está a salvo, coronel.

Kamel tomó el peluquín y se lo ofreció al hombre, que se había agachado en una postura fetal con la cabeza entre las manos. El coronel se levantó congestionado y con la dignidad menos intacta que su rostro, que solo tenía un par de arañazos superficiales. Agarró el peluquín y se lo puso mientras uno de sus escoltas intentaba sofocar una carcajada. Cuando se dio la vuelta, los hombres miraban al frente imperturbablemente.

—Habría que matarlo. Casi me deja ciego.

Kamel tocó la joya que llevaba la capucha del pájaro.

—Le pido disculpas, coronel. Da igual la cantidad de

joyas que le pongas a un ave de presa, sigue siendo una criatura que se mueve por impulsos. Sin embargo, ese es el atractivo de los seres salvajes, ¿no le parece?

El otro hombre abrió la boca y soltó un gruñido entre dientes mientras se inclinaba.

Kamel sonrió, le devolvió la pistola al hombre que había intentado dispararla y se dirigió en francés a Rafiq. El hombre descomunal inclinó la cabeza, murmuró «Alteza» y tomó a Hannah del codo. Ella, que se había quedado pegada al suelo mientras transcurría toda la escena, no reaccionó. Kamel, con un brillo de advertencia en sus ojos negros, le tocó una mejilla. Ella, como si despertara de un sueño, lo miró con sus ojos azules.

–Acompaña a Rafiq, mi pequeña paloma –él, sin esperar a ver si reaccionaba, se volvió hacia el humillado coronel–. Perdone a Emerald, por favor. Es muy protectora y reacciona cuando presiente peligro. Es... impredecible. Sin embargo, como comprobará... –Kamel pasó un dedo por el cuello del pájaro– es bastante dócil.

–Tenéis un animal de compañía muy poco habitual, príncipe Kamel –comentó el otro hombre con una sonrisa forzada.

–No es un animal de compañía, coronel –replicó Kamel con una sonrisa igual de poco sincera.

Notó los ojos del coronel clavados en su espalda mientras se alejaba. Aun así, una mirada fulminante era menos dolorosa que la bala que, sin duda, le gustaría meterle en la espalda.

–No –Hannah se negó a sentarse en el asiento–. ¿Dónde está? –preguntó al hombre monolítico aunque este no reaccionaba a sus preguntas–. ¡Mi padre! ¿Dónde está?

La puerta se cerró y el halcón voló hasta su percha. El sonido de las campanillas hizo que Hannah se girara y mirara a Kamel.

–¿Dónde está mi padre? Quiero mi...

–Debería saber que no me gusta la histeria –le interrumpió él en un tono gélido.

–Y usted debería saber que me importa un rábano.

Kamel, que había previsto una reacción de lástima de sí misma, estaba gratamente sorprendido por su rabia. La chica era decidida y se alegraba porque iba a necesitar esa cualidad.

–Supongo que era mucho esperar que hubiese aprendido algo después de lo que ha pasado –él arqueó una ceja con sarcasmo–. Como humildad, por ejemplo.

¡Era el colmo! Un hombre que acababa de dar una lección magistral de arrogancia le hablaba de humildad. No había esperado que le diera unas palmadas en la espalda, pero un sermón...

– Gracias por haberme ha sacado de allí, pero bajo ningún concepto voy a recibir un sermón de un empleado.

Lo había dicho fatal, pero le daba igual que creyera que era una esnob. Tenía que saber qué estaba pasando y él no le daba una respuesta clara.

Por fin, ella estaba comportándose como había esperado. Se quitó el tocado de la cabeza y mostró el pelo corto y negro como el ala de un cuervo que resaltaba sus rasgos clásicos.

–Propongo que pospongamos esta conversación hasta que hayamos despegado.

No era una propuesta, sino una orden, y ya estaba dándole la espalda. Había pasado dos días en una celda sin saber absolutamente nada y ese hombre iba a darle respuestas.

—¡No me dé la espalda!

Él se pasó una mano por el pelo, se detuvo y la miró sin decir nada. En cambio, se dirigió en voz baja al hombre gigantesco, quien inclinó la cabeza con respeto y se marchó.

—Es una cuestión de prioridades, mi pequeña paloma.

Hannah notó que se le encogía el estómago por el recordatorio de que todavía tenía que salvar el último obstáculo. Al menos, casi todos los temblores eran por miedo. Otros... Bueno, no estaba poseída por la lujuria, pero sí tenía la boca un poco seca. Hasta ese momento, el miedo la había protegido algo de la sexualidad palpable que irradiaba ese hombre, pero la sintió más intensamente todavía cuando él le levantó la cara con un dedo debajo de la barbilla y la miró a los ojos antes de bajar la mano otra vez. El contacto y su mirada habían sido desasosegantes, pero ya no sabía qué había sentido. Sacudió ligeramente la cabeza para aclarársela. Estaba sufriendo los efectos de la adrenalina, claro, y por eso se sentía así, pero estaba temblando.

—Siéntese, abróchese el cinturón y apague el teléfono —le ordenó lentamente.

Quizá hubiese sido un poco rudo con ella, pero ella también estaba siendo ruda y... Miró su rostro de rasgos delicados y bien definidos. Seguramente, era una de las pocas mujeres del planeta que podía seguir estando guapa después de haber pasado dos días en un calabozo.

Ella se dejó caer en el asiento. ¿Le había dado las gracias?

—Gracias.

La habían educado para ser agradecida y él, al fin y al cabo, la había rescatado. Cerró los ojos y no vio la expresión de asombro de él. Dejó escapar un suspiro largo y profundo mientras el avión empezaba a despegar, pero no abrió los ojos ni siquiera cuando notó el roce de unas manos que le abrochaban el cinturón. ¿Era posible que el remedio fuese peor que le enfermedad? No se había dejado llevar por el pánico porque sabía que él le había dado el mensaje personal de su padre, pero su imaginación amenazaba con desbocarse.

–Si desea algo, pídaselo a Rafiq. Yo tengo trabajo.

Ella abrió los ojos justo cuando él se quitaba los imponentes ropajes blancos y se quedaba con una camiseta beis y unos vaqueros negros. La imagen debería haber sido menos impresionante, pero no lo era, aunque sí parecía haberse deshecho de esa altivez gélida que había humillado al coronel. Efectivamente, vestía de sport y la miraba con una actitud relajada, pero seguía irradiando una sexualidad que no podía compararse con nada que hubiese sentido jamás.

Él dio dos pasos, pero se detuvo y volvió a mirarla con esos ojos negros y desapasionados. A ella se le ocurrieron un millón de preguntas, pero hizo la que le pareció prioritaria.

–¿Quién es usted?

Él esbozó una sonrisa, aunque sus ojos siguieron siendo fríos y desapasionados.

–Su futuro marido –contestó antes de desaparecer.

Capítulo 3

ESEA algo?

La pregunta la sacó del estado catatónico. Se levantó de un salto, miró con desprecio al hombre como una montaña, lo rodeó y entró en la cabina contigua, donde vio unos asientos y una cama con su rescatador tumbado con un brazo tapándole los ojos.

–Creía que estaba trabajando.

–Es una siesta reparadora. Quiero tener buen aspecto en las fotos de la boda.

Ella se quedó en jarras y mirando con el ceño fruncido su rostro escondido, pero solo vio los rasguños en carne viva que habían dejado las garras del halcón en su muñeca.

–Por favor, ¿podría hablar en serio por una vez?

Él arqueó una ceja, suspiró y apartó el brazo. Luego, con un movimiento sinuoso, se sentó y bajó los pies al suelo. Apoyó las manos en los muslos y se inclinó hacia delante.

–Soy todo suyo, dispare.

Ella se estremeció al acordarse de la escena en la pista de aterrizaje, donde los reflejos de él impidieron un tiroteo que podía haber acabado en un desastre.

–Debería desinfectarse eso.

Él arqueó las cejas como si no hubiese entendido nada.

–El pájaro –ella le señaló el brazo y miró al pájaro con cautela–. Está sangrando.

Él se miró la muñeca y se encogió de hombros con un gesto irritante.

–Sobreviviré.

–Yo, en cambio, me siento insegura montada en un avión con un desconocido y rumbo a... –ella también se encogió de hombros– a sabe Dios dónde. ¿Le importaría aclararme algunas cosas?

Él asintió con la cabeza. No parecía insegura, parecía sexy y con dominio de sí misma. ¿Qué se necesitaría para que lo perdiera? Quizá estuviera a punto de descubrirlo.

–¿Lo ha enviado mi padre?

Él asintió con la cabeza y ella suspiró con alivio.

–Le manda todo su amor.

–Estoy segura de que a papá le gusta su sentido del humor, pero yo estoy un poco...

–¿Aprensiva? ¿Nerviosa? ¿De mal humor?

Ella entrecerró los ojos hasta que fueron dos líneas azules. Le quedaban pocas fuerzas y estaba gastándolas por enfadarse con él. Tenía que dominarse. Habían dicho cosas mucho peores de ella y había mantenido la dignidad. Era una cuestión de poder. Si la desquiciaban, ella perdía el poder. Independientemente de quienes fuesen ellos. Si mostraba debilidad, los periodistas o los acosadores del colegio, por ejemplo, reaccionaban como bestias salvajes que habían olido la sangre.

–Preferiría saber qué está pasando. Si me dijera a dónde se dirige este avión, le dejaría que durmiera tranquilo.

–Surana.

El nombre del país lleno de petróleo le recordó algo.

Allí había visto el emblema que llevaba el avión y sabía que su padre consideraba al rey de Surana como a un amigo personal; los dos se habían conocido hacía cuarenta años en el colegio privado al que fueron siendo niños. La amistad había perdurado y, al parecer, el rey la tuvo en sus rodillas, pero ella no se acordaba.

—Entonces, ¿papá estará esperándonos allí?

—No, estará esperándonos en la capilla.

Ella intentó no alterarse. ¿Estaba drogado? Intentó reírse, pero era difícil reírse cuando él la miraba implacablemente. Dejó escapar un suspiro de cansancio y se recordó que estaba libre.

—No es el chiste más divertido que he oído.

—Ojalá fuese un chiste —él se encogió de hombros como si le diese igual—. Me apetece tan poco casarme con usted como a usted conmigo, pero, antes de que empiece a llamar a papá, pregúntese qué habría preferido si se lo hubiese planteado allí. Prefiere casarse conmigo o pasarse veinte años en una cárcel abrasadora donde el lujo consiste en compartir un grifo con cientos de personas, o algo peor.

—¿Qué puede ser peor?

—La pena de muerte, por ejemplo.

—Esa posibilidad nunca ha existido —sintió que el terror le atenazaba las entrañas—. ¿Existió?

Él arqueó una ceja con sarcasmo.

—Entonces, si hubiese firmado la confesión... —ella no terminó la frase y la dejó en un susurro.

—No la firmó.

Kamel sofocó un remordimiento irracional. Solo estaba presentando la cruda realidad y él no tenía la culpa. Aun así, le disgustaba ver el terror reflejado en sus ojos desorbitados.

—No piense en eso —añadió él.

–No lo pensaría si usted no me lo hubiese dicho –replicó ella levantando la barbilla.

–Es posible que vaya siendo hora de que afronte hechos desagradables y de que acepte que no podemos eludir algunas cosas.

En ese momento, no podía, pero pensaba eludir a ese hombre en cuanto aterrizaran.

–Naturalmente, me alegro de estar libre, pero no hice nada malo.

–Entró ilegalmente en un país y con drogas.

Ella apretó los dientes hasta que le dolieron. La actitud equitativa de él la desquiciaba.

–Me perdí y llevaba medicinas. Vacunas y antibióticos.

–¿Morfina?

Ella tenía las manos húmedas y se las frotó en los muslos con un gesto defensivo. Era un interrogador mucho más efectivo que sus captores.

–Sí.

–Y una cámara.

–¡No!

–¿Su teléfono no tiene una cámara?

Él habría tenido mejor concepto de ella si hubiese aceptado la responsabilidad de sus actos, pero, evidentemente, ese no era su estilo.

–¿No le dijeron que se quedara con el vehículo si se estropeaba?

¿Por qué lo sabía él?

–Era una emergencia.

Ese había sido el único motivo para que le confiaran tanta responsabilidad. No había nadie más disponible.

–Y usted era quien estaba allí y tomó una decisión complicada, perfecto. Sin embargo, ahora tiene que sobrellevar las consecuencias de esa decisión.

Ella sacudió la cabeza e intentó seguir su razonamiento inflexible.

–Entonces, ¿tengo que casarme con usted porque me ha rescatado? Claro, es evidente. Debería habérmelo imaginado.

Él se levantó de un salto y se esfumaron los últimos rastros de escepticismo burlón. La miró con un destello de desprecio y ella pudo notar toda su furia, como el pájaro, que empezó a chillar. Hannah se protegió la cabeza con las manos. Kamel tranquilizó al halcón y eso pareció ayudarlo a recuperar el dominio de sí mismo.

–No le hará daño.

Ella bajó las manos, miró de reojo al ave de presa y volvió a mirarlo a él.

–No estaba preocupada por el pájaro.

Él apretó las mandíbulas por la insinuación y le miró fijamente la boca, el carnoso labio inferior. Su boca estaba hecha para besarla.

–¡No me casaría con usted aunque estuviese cuerdo!

Quizá tuviese cierta razón. ¿No era una locura estar observando sus interminables piernas? ¿No era una locura mayor todavía que le gustara que ella no se dejase intimidar?

–¡Ni aunque viniera envuelto en papel de regalo!

Entonces, de repente, se preguntó a cuántas mujeres les habría gustado desenvolverlo. Sintió una punzada de miedo, pero se dijo con mucho convencimiento que no era una de ellas.

–¿Quiere datos? Muy bien. Cuando aterricemos en Surana dentro de... –él se miró el reloj que resplandecía sobre su piel morena.

–De media hora, habrá una alfombra roja y un comité de recepción para su Alteza Real –ella terminó la frase e hizo una reverencia mirándolo a la cara.

Él se tomó en serio su sarcasmo.

—Dadas las circunstancias, no habrá recepción oficial. Todo será discreto. Iremos directamente al palacio, donde el rey, mi tío...

—¿El rey? —le interrumpió ella con los ojos como platos—. ¿Pretende que me crea que es un príncipe de verdad?

—¿Quién creía que era? —preguntó él con una mirada implacable.

—Alguien pagado por mi padre para que me sacara de la cárcel. Creía que estaba fingiendo...

—No sé si es tonta de remate o increíblemente ingenua —le interrumpió él con incredulidad—. ¿Creía que bastaba con que yo llegara y dijera que tengo sangre real para que todas las puertas se abrieran y usted pudiera marcharse?

Ella entrecerró los ojos cuando él echó la cabeza hacia atrás y empezó a reírse.

—¿Qué debería haber creído?

—Que es muy afortunada por tener un padre que se preocupa por usted y que está esperándola con mi tío, el jeque Sa'idi de Quagani. El único motivo por el que en estos momentos no está sufriendo las consecuencias de sus actos es que le han dicho al jeque que usted es mi prometida.

—¿Y se lo ha creído?

—Creo que la invitación a la boda influyó.

—Muy bien, ya estoy libre, misión cumplida. Puede decirle que la boda se ha cancelado.

—Observo que así es como se hacen las cosas en su mundo.

—¿Qué se supone que quiere decir eso?

—Que se olvidan de los compromisos cuando les conviene. Sin embargo, aquí no hacemos eso. Mi tío se siente en deuda con su padre y ha dado su palabra.

–Yo no di mi palabra.

–¡Su palabra! –exclamó él con una sorna ácida.

Ella parpadeó con rabia para contener las lágrimas.

–¡No voy a recibir sermones de usted!

–Su palabra no significa nada. Mi tío, en cambio, es un hombre íntegro y con honor. Supongo que lo que le digo le suena a chino.

–Entonces, su tío quedará abochornado. Lo siento mucho, pero...

–Pero no lo siente tanto como para aceptar las consecuencias de sus actos.

Consecuencias... Consecuencias... Hannah hizo un esfuerzo para no taparse los oídos.

–Esto es absurdo. ¿Qué cosa tan horrible puede pasar si no nos casamos?

Ella lo preguntó, pero esperó que él no creyera que iba a planteárselo siquiera.

–Me alegro de que lo pregunte.

Él abrió el portátil que había encima de la mesa y le dio la vuelta señalando algo con un dedo.

–Somos un país pequeño, pero con mucho petróleo, y hemos gozado de relativa estabilidad política. Dado que el año pasado se encontraron más reservas, seremos más ricos todavía.

Ella frunció los labios por su tono didáctico y levantó la barbilla.

–Leo algún periódico de vez en cuando.

–No presuma de cociente intelectual, ángel, porque la estupidez es la única excusa posible para lo que ha hecho.

Ella apretó los dientes y dejó escapar un siseo de rabia.

–Sé que el país es un ejemplo de estabilidad política y tolerancia religiosa. Lo que no sabía era que la familia real tenía un historial de demencia, pero es lo que pasa cuando se casan entre primos.

—Entonces, será una inyección de sangre nueva, ¿verdad, ángel? Va a suceder, y cuanto antes lo acepte, más fácil será todo.

Hannah se mordió el labio inferior. Ni siquiera los interrogadores la habían mirado con ese desprecio, y le dolía aunque le costara reconocérselo. Como le habían dolido los titulares y las habladurías que la habían vilipendiado.

—¿Le explico el motivo?

Ella no contestó y él inclinó la cabeza como si aceptara su silencio.

—Tenemos un problema. Estamos encerrados y el petróleo tiene que salir al mar —él movió el dedo por la pantalla—. Eso significa que dependemos de la colaboración de los demás. En estos momentos, se está construyendo un oleoducto en Quagani y cruza tres países distintos. ¿Sabía que su padre está construyendo ese oleoducto?

Ella no lo sabía, pero se habría muerto antes de reconocerlo.

—Me sorprende que no lo hayan casado ya con alguna princesa de Quagani para asegurar la operación.

—Iban a hacerlo, pero ella conoció a mi primo.

Se había enamorado de Amira lenta y gradualmente y había creído que a ella le había pasado lo mismo. De no haberlo visto con sus propios ojos, se habría reído de la idea del amor a primera vista. Había intentado por todos los medios no verlo.

—Cuando ella... lo prefirió, a su familia le pareció muy bien porque él era el heredero y yo era el suplente, como dijeron ellos.

—Entonces, ¿cuál es el problema? Si sus familias están unidas, no habrá conflictos.

–Él murió, ella murió y el bebé murió.

Lo único que unía a los gobernantes era el dolor y la necesidad de culpar a alguien.

La actitud desdeñosa de Hannah se desmoronó como un castillo de arena arrastrado por una ola.

–Lo siento –dijo ella con la voz ronca pero delicada–. Sin embargo, mi padre no me obligaría a casarme ni por todo el oro del mundo.

Él miró a la mujer que tenía sentada delante y que llevaba la palabra «malcriada» escrita en su preciosa cara.

–¿No se le ha ocurrido pensar que su padre, que es humano, podría estar encantado de librarse de usted y que nadie se lo reprocharía si lo hiciera?

–Mi padre no me considera una propiedad.

Sin embargo, sí podía considerarla una rueda de molino alrededor del cuello.

–¿Se preocupa tanto por su padre como él por usted?

–¿Qué quiere decir eso?

–Significa que, si Quagani cierra al oleoducto nuevo, no solo sufrirá el programa educativo de nuestro país. Su padre también tiene una participación en la refinería nueva.

Ella frunció el ceño con preocupación por la mención del programa educativo. Ella, por su empleo, sabía que la educación era clave.

–Mi padre tiene participaciones en muchas cosas.

–Mi tío permitió que su padre participara como un favor. Conocía su situación.

–¿Qué situación? ¿Está intentando decirme que mi padre ha perdido todo el dinero otra vez?

Los negocios impulsivos y temerarios de su padre habían llevado a considerables vaivenes de su fortuna, pero eso era cosa del pasado. Después del infarto, hizo caso a los médicos y había prometido que el estrés y las operaciones arriesgadas eran cosa del pasado.

—No todo.

Hannah lo miró a sus implacables ojos y notó que se asfixiaba. Él la observó con los brazos cruzados. Al parecer, la posibilidad de ser la hija de un hombre pobre la había afectado más que cualquier otra cosa que hubiese dicho hasta el momento y se había quedado pálida.

—Ha emprendido una serie de negocios desafortunados y si la operación del gaseoducto fracasa, su padre puede arruinarse.

El corazón de Hannah se aceleró. ¿Qué podía ser más estresante que la ruina? La humillación de tener que decirle a una catedral llena de gente que la boda de su hija se había cancelado.

Ella había aceptado su parte de responsabilidad por el infarto que conocía muy poca gente. En su momento, le prometió a su padre que no diría nada porque, según él, los mercados podían reaccionar mal por la noticia. A ella le importaban un rábano los mercados, pero no su padre. No era tan joven como a ella le gustaba creer y, si tenía que reconstruir su empresa desde cero, ¿cómo podría afectarle a un hombre con su problema cardíaco?

Hizo un esfuerzo para mantener la compostura y disimular su preocupación, miró a su posible marido y comprobó, al ver su rostro hermoso y bronceado, que no había renunciado a sus fantasías románticas, aunque sus dos compromisos anteriores habían sido un desastre.

—Me ha dado un buen motivo para que yo lo haga —reconoció ella intentando parecer tranquila—, pero ¿por qué se casaría usted con alguien a quien no puede ni ver? ¿Está dispuesto a casarse con una desconocida solo porque se lo dice su tío?

–Podría hablar del deber, pero sería inútil. Hay conceptos que usted desconoce. Además, mis motivos dan igual. Tomé una decisión y ahora le toca a usted.

Ella se dejó caer en un diván con la cabeza agachada y las manos en el regazo. Levantó la cabeza al cabo de un rato. Había tomado una decisión, pero no iba a reconocerlo.

–¿Qué pasará? Si nos casamos... ¿Después...?

Se apartó un mechón de los ojos y se vio reflejada en la pantalla metálica de un aplique que había en la pared. En la celda no había espejos y tardó unos segundos en reconocer el pelo que rodeaba su rostro demacrado. Apartó la mirada con una mueca de disgusto.

–Tendría un título. No solo podría comportarse como una pequeña princesa, sino que lo sería, lo cual, tiene ciertas ventajas para reservar una mesa o conseguir una entrada en un teatro.

–¿Princesa...? –preguntó ella como si fuese algo completamente irreal.

A Kamel le irritó esa ingenuidad que le pareció fingida.

–No es para tanto. En nuestra familia todo el mundo tiene títulos, no significan gran cosa.

Como no lo había significado el suyo hasta que el avión de su primo se estrelló. Eso ocurrió hacía dos años y todavía había quienes decían que había sido una tapadera, que el heredero real y su familia habían sido víctimas de un atentado terrorista y no de un fallo mecánico. Incluso los había que habían llegado más lejos y, mientras padecía el intenso dolor por esas muertes tan absurdas, ya que él amaba y admiraba a su primo, también tuvo que soportar que hubiese quien creyera que él había organizado esa tragedia que quitaba de en medio a los herederos que lo separaban del trono. Había heredado una posición que no había querido nunca y un porvenir que, cuando lo pensaba, lo aterraba. También había heredado la fama de eliminar a cualquiera que se interpusiera en su camino. Además, tenía una novia hermosa, ¿qué más podía desear?

–Mi residencia oficial está en el palacio. También tengo un piso en París, una casa a las afueras de Londres y una villa en Antibes –¿estaría la preciosa Charlotte esperándolo todavía? No, ella no era de las que esperaban–. Si quisiéramos, podríamos pasar un año sin encontrarnos.

–Entonces, podría hacer mi vida, ¿nada cambiaría?

–¿Tanto le gusta su vida?

Él lo había preguntado inexpresivamente, pero ella había captado el desprecio. Intentó interpretar su mirada, pero esos ojos eran inescrutables como un lago negro y profundo, aunque hipnóticos. Apartó la imagen de ella sumergiéndose en un lago y sintiendo el agua fría que la abrazaba. Bajó la mirada y se pasó la lengua por los labios. Volvió a levantar la mirada con una sonrisa tranquila, aunque era difícil parecer tranquila cuando sabía que parecía la víctima de un desastre natural; pero ese desastre lo había causado ella. Apretó los dientes al darse cuenta de que solo había empeorado su encarcelamiento. Ella había desoído el consejo de que esperara hasta que llegara un conductor, ella se había alejado del vehículo.

–Me gusta mi libertad.

–Al menos, tenemos algo en común –replicó él dándose cuenta de que ella no había contestado a su pregunta.

–Entonces, ¿usted... nosotros...? –era una conversación disparatada–. ¿Podría beber algo?

Ella suspiró, echó la cabeza hacia atrás y cerró los ojos. Él decidió que estaba agotada, pero no relajada.

Miró sus manos delicadas y con las uñas mordidas. No iba a derrumbarse fácilmente. La mantenía una mezcla de adrenalina y obstinación pétrea. Se fijó en la vena azulada que le palpitaba en la base del cuello. Tenía algo de vulnerable... Esbozó media sonrisa y se recordó que los dos desdichados a los que había dejado plantados en el altar seguramente habían pensado lo mismo.

—No sé si el alcohol es buena idea.

—Estaba pensando en un té –replicó ella abriendo los ojos como impulsados por un resorte.

—Eso me parece bien –él se dirigió a Rafiq, quien tenía la costumbre de aparecer silenciosamente, y volvió a dirigirse a Hannah–. Al menos, nuestro matrimonio acabará con sus actividades como rompecorazones.

—No he roto...

No terminó la frase. Había prometido a Craig, quien la había amado, pero no de «esa» manera, que ella cargaría con la responsabilidad.

—Eres más como una hermana para mí –le había dicho Craig–. Bueno, no como una hermana porque conoces a Sal y ella es una absoluta... no, eres como una amiga íntima.

—Sal es mi mejor amiga –había replicado ella.

Sal lo había sido hasta que se acostó con el traidor de Rob.

—Por eso te pido que no le digas que yo me he echado atrás. Cuando nos prometimos, se puso como una loca y me dijo que nunca me lo perdonaría si te hacía daño. Pero no te he hecho daño, ¿verdad? Los dos estamos reponiéndonos. Yo de Natalie y tú de Rob. Creo que todavía lo amas –había añadido él dándole unas palmadas en el hombro.

Ella, en cierto modo, había amado al hombre que se había acostado con sus amigas mientras estaban juntos.

No supo lo de Sal hasta que le devolvió el anillo cuando él dejó de negarlo. En ese momento, odiaba a Rob, pero le había enseñado que la confianza era imposible. Craig, a quien había conocido toda la vida, era distinto, era predecible y nunca le haría daño. Sin embargo, se había olvidado de una cosa; Craig era hombre.

—Me conoces muy bien, Craig.

—Entonces, ¿te parece bien?

—Sí.

—¿Qué pasa hora?

Que había gente que no conocía de nada que se sentía capacitada para dedicar tiempo y esfuerzo a despellejarla viva.

—No lo sé –había mentido ella.

—Bueno, ¿qué pasó la otra vez?

Ella se había encogido de hombros con remordimiento. La otra vez, su padre se había ocupado de todo. Aunque el orgullo le había impedido decirle que su prometido se había acostado con todas sus amigas; el orgullo y que su padre se habría sentido culpable porque él le había presentado a Rob y había incitado la relación.

La segunda vez, su padre no comprendió nada, se enfureció y dejó todo el lío en manos de ella. Miró a la imponente figura de su futuro marido e intentó ver una salida a la pesadilla que representaba.

Capítulo 4

ESA vez, justo cuando pasaban por un bache, sí se dio cuenta de que el hombre como una montaña entraba y se disculpaba por haber derramado el té en la bandeja.

—Traeré una bandeja limpia.

—No importa –replicó Kamel con impaciencia–. No hay que ser ceremonioso con la señorita Latimer. Ya es de la familia –murmuró algo que ella supuso que era en árabe y el hombre se marchó–. Rafiq puede hacer casi todo, pero sus habilidades culinarias son mínimas –Kamel levantó la tapa de una fuente y descubrió unos sándwiches toscamente cortados–. Espero que le guste el pollo.

—No tengo hambre.

—No te he preguntado si tienes hambre, Hannah –replicó él mientras ponía un sándwich en un plato y lo empujaba hacia ella.

—¿Cómo voy a pensar en comida cuando me están pidiendo que sacrifique mi libertad?

Eso era lo único que la había consolado después de que dos hombres que aseguraban que la amaban le hubiesen dicho, con otras palabras, que no era atractiva físicamente. Al menos, le había quedado la libertad.

Él sonrió con un brillo de desprecio en los ojos.

—Comerás porque te queda un día muy largo por delante.

La idea de un día muy largo y de lo que implicaba hizo que dejara escapar un leve lamento. Avergonzada por su debilidad, sacudió la cabeza.

–Esto no puede ser idea de papá.

Parecía tan angustiada, tan joven y desorientada, que tuvo que hacer un esfuerzo para dominar el instinto de protección que se despertó en él contra toda lógica y buen juicio.

–Fue una decisión más o menos consensuada y, si hay alguna víctima inocente, ese soy yo.

Ella se quedó boquiabierta. «Víctima» e «inocente» eran dos términos que no podía imaginar que alguien aplicara a ese hombre.

–No obstante, si yo puedo poner buena cara al mal tiempo, no entiendo qué problema tienes tú.

–Mi problema es que no te amo, que ni siquiera te conozco.

–Me llamo Kamel as-Safar y vas a tener todo el tiempo del mundo para conocerme.

–Estoy impaciente –replicó ella entrecerrando los ojos.

–Creo que estás siendo innecesariamente melodramática. No somos las dos primeras personas que se casan por algún motivo que no es el amor.

–Entonces, te parece bien que alguien te diga con quién tienes que casarte.

Le parecía imposible que él, con esa arrogancia, pudiera aceptarlo. Sin embargo, se sintió decepcionada cuando se encogió de hombros.

–Si no me lo pareciera, seguirías pudriéndote en esa celda.

Ella abrió la boca, pero oyó en su cabeza el bastón del oficial uniformado y volvió a cerrarla.

–No creas que no estoy agradecida.

–¿De verdad? –preguntó él arqueando una ceja–. Qué raro, no percibo el amor.

–No hay amor.

–Es verdad, pero basar el matrimonio en algo tan perecedero como el amor... –él volvió a decir la palabra como si le dejara mal sabor de boca– es como construir una casa en la arena.

¿Ese hombre estaba intentando encontrar la parte positiva o era así de escéptico?

–¿Has estado enamorado alguna vez?

Vislumbró una expresión rara en el rostro del príncipe, pero él entrecerró los ojos inmediatamente. Cuando volvió a abrirlos, solo vio reflejado ese escepticismo.

–Tú eres la experta en la materia. Es impresionante que te hayas prometido dos veces. ¿Te prometes a todos los hombres con los que te acuestas?

–Tengo veintitrés años.

–Te pido disculpas –replicó él con una sonrisa despectiva–. Ha sido una pregunta estúpida.

A ella le importaba muy poco que creyera que se acostaba con todos los hombres que conocía. Lo que hizo que quisiera darle una bofetada que le borrara esa expresión de superioridad fue el doble rasero que implicaba su actitud. ¿Cómo se atrevía a decírselo un hombre que, seguramente, tenía el cabecero de la cama lleno de muescas?

–Además, todo esto se trata de dinero y poder. Tú lo tienes y estás dispuesto a hacer lo que sea para conservarlo. Sigue llamándolo deber si te sientes mejor, ¡pero yo lo llamo codicia!

Kamel hizo un esfuerzo para contener el arrebato de furia que sintió por el insulto.

–Solo una mujer que siempre ha tenido a su alcance el billetero de un padre rico y que nunca ha tenido que trabajar podría ser tan despectiva con el dinero, o, a lo mejor, es que solo eres tonta.

¡Tonta! La palabra le retumbó en la cabeza.

–Sí trabajo.

Aunque solo fuese para demostrar a esas personas que la llamaban tonta que la gente con dislexia podía hacer las cosas como cualquiera si tenían la ayuda que necesitaban.

–Además –siguió ella con la voz algo temblorosa–, no podrás decir nada de mí que no se haya dicho, pensado o escrito. Sin embargo, basta de hablar de mí. ¿Cuál es tu contribución a la sociedad? ¿Qué titulación se necesita para ser rey? Ah, ya me acuerdo, una casualidad al nacer –ella hizo una pausa y dejó escapar un suspiro entrecortado–. No quería decir eso.

Él la miró con los ojos entrecerrados y se resistió a creer que detrás de ese desdén gélido se podía esconder una mujer con sentimientos a la que se le podía hacer daño.

–Entonces, ¿qué querías decir?

Ella respiró aliviada. No era la reacción que había esperado a su arrebato.

–¿Este matrimonio sería... un trámite?

–Será –le corrigió él–. Habrá obligaciones oficiales y tendremos que mostrarnos juntos en algunas ocasiones, pero no te refieres a eso, ¿verdad?

Ella se mordió el labio inferior y negó con la cabeza.

–Se esperará que engendremos un heredero.

Ella miró hacia otro lado, pero después de que lo hubiese desnudado con la imaginación.

–Podría resultarte educativo –añadió él.

El comentario indolente hizo que se le congelara la expresión y que disimulara el pánico.

–¡Ofrecerme lecciones de sexo no es muy convincente para venderme el producto!

–No me refería a la educación carnal –replicó él entre risas–, pero, si quieres enseñarme un par de cosas, no tengo inconveniente.

Él había esperado alguna réplica ácida, pero ella se sonrojó y eso lo desconcertó.

Hannah, quien había dominado muchas cosas, menos la irritante costumbre de sonrojarse, detestaba sentirse torpe o inmadura y consiguió hacer acopio de cierta serenidad.

–¿A qué te referías?

–Doy por supuesto que tu amante corriente es un enamorado, yo no lo soy.

–¿Qué? ¿Corriente o enamorado? –era una pregunta ridícula. Nadie diría que un hombre con ese cuerpo era corriente–. No puedo acostarme contigo sin más ¡No te conozco!

–Tenemos tiempo –él esbozó media sonrisa–. Relájate. No espero que vayamos a unirnos en un futuro inmediato, si puedes sobrellevarlo.

–¿El qué?

–No tener relaciones sexuales.

–Me apañaré –contestó ella bajando las pestañas.

–Tus pequeñas aventuras se acabarán. No se puede dudar de la legitimidad del heredero.

–¿Se aplica lo mismo a ti? –ella resopló sin esperar a que contestara–. No contestes, pero, a lo mejor, sí puedes contestarme a esto. ¿Sabes si las vacunas llegaron al pueblo a tiempo?

La angustia que vio en sus ojos azules era demasiado sincera para ser fingida. Quizá esa mujer tuviera conciencia, pero no tanta como para no hacer lo que quería, se recordó él.

–Es una pena que no pensaras en el pueblo antes de cruzar la frontera sin documentos ni...

–Mi Jeep se estropeó. Me perdí –le interrumpió ella en un tono lastimero que le fastidió–. ¿Lo sabes? ¿Puedes enterarte?

Según el informe que leyó en el centro de distribución, la epidemia estaba extendiéndose muy deprisa y la mortandad sería espantosa si no se detenía.

–No tengo ni idea.

Ella lo observó mientras se alejaba, y no solo en el sentido físico. Había desconectado completamente de ella y parecía inmerso en el ordenador portátil. Miró su nuca, lo envidió y deseó poder olvidar que él existía. ¿Era un anticipo de cómo sería el resto de su vida? ¿Ocuparían el mismo espacio por obligación pero no se relacionarían? Ella había renunciado a las relaciones idílicas, pero la idea de una unión tan aséptica fue como un puñetazo en el estómago. Él ni siquiera la miró cuando el avión aterrizó, se limitó a levantarse y la dejó dónde estaba. Fue el gigantesco guardaespaldas quien, con un gesto de la cabeza, le indicó que tenía que seguir a Kamel por el pasillo de salida.

Estaba entre los dos hombres cuando desembarcó y parpadeó por el sol. Había perdido la noción del tiempo. Se miró la muñeca y se acordó de que le habían quitado el reloj, una de las pocas cosas que había conservado de su madre. Le quitaron todo cuando la detuvieron, hasta las gafas de sol, y habría dado cualquier cosa por poder esconderse detrás de unos cristales oscuros.

–¡No tengo el pasaporte! –exclamó asustada.

Él se detuvo al pie de la escalerilla y miró hacia arriba con frialdad e intolerancia.

–No necesitarás pasaporte.

–¿Es uno de los privilegios de ser de la familia real?

Como la intimidante presencia armada y los saludos, supuso ella, al ver a un hombre trajeado que se inclinaba con deferencia mientras escuchaba a Kamel. Se pasó la lengua por los labios. Aterrada, había llegado a creer que no la dejarían entrar sin pasaporte. El recuerdo de la celda hizo que le flaquearan las rodillas, pero bajó la escalerilla hasta tierra firme.

Había tres limusinas enormes con cristales oscuros que los esperaban a unos metros. ¿Una para cada uno? Incapaz de sonreírse por su chiste en presencia de tantos hombres armados, aceleró el paso hacia Kamel, quien estaba dirigiéndose hacia el coche más alejado, pero una mano muy pesada se posó en su hombro. Miró al guardaespaldas descomunal y él sacudió lentamente la cabeza. Contuvo el ataque de pánico y llamó a Kamel.

–¿Te marchas? –le preguntó.

Estaba sudando por el esfuerzo de parecer tranquila, pero captó el tono de ansiedad en su propia voz. Él se detuvo, se dio la vuelta y clavó sus ojos negros en los de ella.

–Se ocuparán de ti.

Ella levantó la barbilla y no hizo caso de la opresión que sintió en el pecho por la soledad. Detestaba esa sensación y lo detestaba a él. No lloraría, no permitiría que él la hiciera llorar

Kamel sofocó sin compasión una punzada de empatía, pero supo que ella se había quedado como una especie de virgen en el altar de los sacrificios mientras él se montaba en el coche. Notó sus ojos azules y acusadores y se sintió como un monstruo explotador. Era ilógico; la había salvado. No había esperado que lo trataran como a un héroe, pero tampoco había contado con convertirse en el malo de la película. Era una situación complicada, pero la vida exigía sacrificio y transigencia, algo que ella se negaba a reconocer. Pulsó un botón y la ventanilla oscura subió. Ella ya no podría verlo, pero él a ella, sí.

–¿Qué está pasándome? –consiguió preguntar ella mientras veía que el coche se alejaba.

No había dirigido la pregunta a nadie y se sobresaltó cuando Rafiq, el hombre de pocas palabras, contestó.

–Tengo instrucciones de llevarle a la casa de la doctora Raini.

Luego, señaló con la cabeza la puerta abierta del coche para que se montara. Ella sintió un atisbo de rebelión. Le habían arrebatado la independencia durante los últimos días y no iba a permitir que sucediera otra vez. No iba a convertirse en una esposa dócil y decorativa que haría lo que le dijeran para alegrar la vida de su marido y que sería invisible cuando no la necesitara. Levantó la barbilla y no se movió.

–No necesito una doctora.

El hombretón, que se quedó perplejo por su respuesta, tardó un rato en reaccionar.

–No, ha entendido mal. Ella es catedrática de filosofía en la universidad. La ayudará a vestirse para la ceremonia y actuará de dama de honor.

Él se quedó junto a la puerta, pero Hannah siguió sin moverse.

–¿Y mi padre?

-Creo que su padre se reunirá con usted en la capilla real.

Ella frunció las delicadas cejas al oír hablar de una capilla. Recordó el artículo de un suplemento dominical donde aprendió todo lo que sabía sobre Surana. Además de ser un pacífico crisol de religiones, el país se distinguía porque su familia real era cristiana, lo que los convertía en algo singular en la zona.

Cuando el coche salió del edificio, entró en un amplio bulevar flanqueado por palmeras y por edificios modernos de cristal. De allí, pasaron a una zona más antigua con calles más estrechas y un esquema menos geométrico. El cristal entre el asiento delantero y el trasero se bajó.

–Casi hemos llegado, señorita –comentó Rafiq.

Ella se lo agradeció con la cabeza y comprobó que habían entrado en lo que parecía una zona próspera de las afueras. Entonces, el coche giró y atravesó unas verjas de hierro para pasar a un patio adoquinado y rodeado por una tapia muy alta. El conductor dijo algo por al auricular mientras las verjas se cerraban y un hombre trajeado apareció. El guardaespaldas inmenso habló con ese hombre, miró alrededor como hacen las personas acostumbradas a encontrar enemigos debajo de todas las piedras y le abrió la puerta del coche.

Los pies de Hannah acababan de tocar los adoquines cuando se abrió la puerta de madera de la casa de tres pisos.

–Bienvenida, soy Raini, la prima de Kamel.

La catedrática resultó ser una mujer muy atractiva de treinta y tantos años. Era alta, delgada, con el pelo corto y moreno, y sonrió con calidez mientras le tendía las manos.

–Te preguntaría qué tal viaje has tenido, pero ya puedo verlo.

Su amabilidad y simpatía sinceras hicieron que se le derrumbaran todas las defensas y que notara lágrimas en los ojos. Abochornada, tomó el pañuelo de papel que le pusieron en la mano y se sonó la nariz.

–Lo siento, no suelo..., Es que... Ya sé que tengo un aspecto espantoso.

La otra mujer la abrazó, la llevó hasta la casa, dijo

algo al guardaespaldas por encima del hombro y cerró la puerta con firmeza. Hannah casi esperó que tiraran la puerta abajo, pero su respeto por esa mujer aumentó cuando no lo hicieron.

—No hace falta que te disculpes. Si yo hubiese pasado por lo que has pasado tú, estaría hecha unos zorros.

—Lo estoy.

Hannah parpadeó. El interior de la casa no tenía nada que ver con lo que daba a entender el exterior. La decoración era minimalista y la planta inferior parecía diáfana.

—No me extraña —Raini agarró delicadamente a Hannah del brazo—. Por aquí.

Abrió una puerta que daba a un pasillo con varias puertas abiertas. Parecía una zona de dormitorios. La otra mujer vio la expresión de perplejidad de Hannah.

—Ya lo sé, es mayor de lo que parece —le sonrió con cierta compasión—. Me encantaría hacerte una visita guiada y sé que tienes que estar molida, pero me temo que tenemos el tiempo justo.

Abrió una puerta y dejó que Hannah entrara antes que ella. Era una habitación grande, cuadrada y con el suelo de azulejos. Una pared tenía unas puertas acristaladas y otra, una serie de armarios empotrados. El único mueble era una cama grande y muy baja.

—Ya lo sé, es inhóspita. A mí me gusta el barullo, pero Steve es un minimalista que roza el trastorno obsesivo compulsivo.

Raini esbozó una sonrisa al mencionar a Steve, seguramente, su marido. Eso hizo que Hannah recordara lo que no tendría nunca, lo que se había negado a reconocer que todavía quería. Miró hacia otro lado por la opresión en el pecho y se dejó caer en la cama. Estaba muy baja, pero casi ni notó el impacto en la mullida colcha. Se tapó la cara con las manos y sacudió la cabeza.

—No debería estar sucediendo nada de todo esto.

La otra mujer la miró con un gesto de compasión.

—Ya sé que no te habías imaginado así el día de tu boda, pero, en realidad, la boda no es lo que cuenta. En la mía todo salió mal. Lo que importa es la persona con la que vas a pasar el resto de tu vida. ¿Cómo os conocisteis Kamel y tú?

—¿Cómo dices? —preguntó Hannah levantando la cabeza.

—No te preocupes —la otra mujer interpretó mal su mirada inexpresiva–, ya me lo contarás otro día, me alegro muchísimo de que él haya encontrado a alguien. Él no es tan playboy ni tan malo como dice la prensa sensacionalista, ya sabes.

—Nunca leo prensa sensacionalista —replicó Hannah con sinceridad.

Raini le dio unas palmadas en la mano y ella, que estaba más perpleja por esa información que lo que estaba antes, se dio cuenta de dos cosas. Que su prima creía que era una boda por amor y que hasta esa prima, que lo quería mucho, tenía que reconocer que él tenía una reputación espantosa.

—Recé para que se repusiera algún día de Amira, pero cuando pierdes a alguien de esa manera... Algunas veces me pregunto si yo sería tan noble si Steve se enamorara de alguien.

Hannah creyó por un momento que ya no iba a hacerle más confidencias, pero Raini bajó la voz hasta que fue un susurro.

—Amira me contó que Kamel le dijo que sería una reina muy guapa y que solo quería que ella fuese feliz.

Hakim y él eran como hermanos. Para que luego hablen de triángulos...

Hannah intentó situar a todas esas personas en algún contexto, hasta que se acordó de lo que él había dicho: «Cuando ella... lo prefirió». Ese amor que ella iba a sustituir era la mujer que se casó con el primo de Kamel, la que murió en el accidente de avión que convirtió a Kamel en heredero. Él se había comportado como si le diese igual, pero si su prima tenía razón... Sacudió la cabeza para intentar ver al hombre que no había mostrado la más mínima empatía con nadie. Era casi impensable que lo hubiesen rechazado. Con corona o sin ella, Kamel no era un hombre que las mujeres rechazasen.

–Lo habría sido.

Hannah dejó de darle vueltas a la cabeza y volvió a la realidad.

–¿Perdona...? –farfulló.

–Habría sido una reina muy guapa, pero no tuvo la ocasión. Fue muy triste –Raini suspiró antes de reponerse y sonreírle con calidez–. Sin embargo, hoy no es un día para llorar. Tú serás una reina muy guapa y vas a casarte con un hombre único entre un millón.

Hannah supo que tenía que decir algo.

–Seguiría encerrada en esa cárcel de no haber sido por él.

–Sí. Es el hombre que necesitas en una emergencia. Cuando secuestraron a Steve... –Raini sacudió levemente la cabeza y abrió el armario–. Como he dicho, Kamel es único entre un millón, pero la paciencia no es una de sus virtudes y tengo la instrucción de que estés de camino dentro de media hora. Elige un vestido, Hannah. Han mandado unos pocos.

Hannah parpadeó al ver la cantidad de vestidos y Raini siguió contándole cosas como una metralleta.

–Tu padre no sabía bien cuál es tu talla y me han mandado tres tallas, pero... –Raini la miró de arriba abajo–. ¿Eres una ocho?

Hannah asintió con la cabeza.

–La ducha está por ahí –la eficiente mujer le señaló una puerta con la cabeza–. Encontrarás todo lo necesario junto al espejo. Si quieres algo, grita. Yo voy a ponerme algo menos cómodo.

La ducha fue una bendición. Todos los vestidos eran preciosos, pero eligió el más sencillo, uno recto con cuentas de cristal incrustadas en el cuello y el dobladillo. Le quedaba como un guante de seda, al contrario que sus sentimientos desgarrados. Respiró hondo para sofocar el miedo que le atenazaba las entrañas.

Cuando Raini volvió vestida con un elegante traje pantalón de seda, ella estaba intentando hacerse un moño, aunque el pelo recién lavado se resistía.

–Estás muy guapa –comentó la otra mujer–. He pensado que esto podría gustarte.

Hannah miró los ojos velados por las lágrimas de Raini y luego se fijó en el velo de encaje que estaba enseñándole. Su coraza de frialdad se hizo añicos.

–Es precioso.

Le espantaba no poder decirle a esa mujer tan conmovedoramente sincera que ese matrimonio era una farsa horrible.

–Era de mi abuela. Lo llevé cuando me casé. He pensado que podría gustarte.

Ella retrocedió un poco y se sintió más despreciable todavía por fingir que era una novia enamorada ante esa mujer.

–No puedo. Es muy delicado.

–Insisto. Además, irá perfectamente con esto.

Raini le enseñó una caja de madera grande y rectangular.

–Qué trabajo tan maravilloso –comentó Hannah pasando un dedo por la tapa labrada.

–No tanto como esto.

Raini abrió la tapa mirando a Hannah y sonrió cuando se quedó boquiabierta.

–No, eres muy amable, pero no puedo ponerme eso. Es excesivo. Esto es precioso –Hannah se puso el velo de encaje en la cabeza–, pero no, de verdad.

Ella retrocedió un poco más agitando las manos para rechazarlo.

–No es mío. Ojalá... – Raini se rio mientras sacaba la diadema y los diamantes montados en oro resplandecían–. Se lo han enviado a Kamel y quiere que lo lleves. Déjame... –le puso la diadema encima del encaje–. Pareces sacada de un cuento de hadas. Eres una auténtica princesa.

–Todavía no me he arreglado el pelo –dijo Hannah levantando una mano para quitársela.

–Yo que tú, me lo dejaría suelto. Es muy bonito.

Hannah se encogió de hombros. El peinado era lo que menos le preocupaba.

Capítulo 5

CUANDO vio la que sería su futura casa, Hannah contuvo el aliento con asombro y espanto.

–Lo sé –Raini no disimuló la compasión burlona–. Me gustaría decirte que no es tan apabullante como parece, pero lo es –reconoció mientras miraba los minaretes–. Como comprobarás, a la familia siempre le ha gustado lo recargado. Cuando viví aquí...

–¿Viviste aquí?

¿Cómo podía relajarse alguien en un sitio tan ostentoso?

–Bueno, mis padres ocupaban una pequeña buhardilla –bromeó Raini–. Hasta que destinaron a mi padre. Es diplomático. A los dieciocho años, ya había vivido en una docena de ciudades –pasaron en el coche por debajo de un arco dorado y entraron en un patio del tamaño de un campo de fútbol lleno de fuentes–. Sin embargo, nada se pareció a esto.

Rafiq las acompañó adentro a través de una antesala que le había parecido muy grande, hasta que entraron en un vestíbulo enorme con suelo de mosaico. La sensación de fatalidad fue aumentando a medida que seguían a ese hombre imponente por un laberinto de pasillos con suelos de mármol. Cuando por fin vio a alguien conocido, estaba intentando respirar para no asfixiarse.

–¡Papá!

–¡Hola, Hannah! Estás muy guapa, hija.

Ella hizo un esfuerzo para disimular al asombro por el aspecto de su padre. Nunca lo había visto tan pálido y demacrado, ni siquiera cuando estaba entubado en la cama del hospital. Parecía diez años más viejo que la última vez que lo vio.

Cualquier idea que hubiese tenido de abrazarlo y pedirle que arreglara todo se desvaneció cuando vio las lágrimas en sus mejillas. Nunca había visto llorar a su entusiasta padre, menos el día del aniversario de la muerte de su madre, el mismo día que ella cumplía años. Ese día, desaparecía para estar solo con su dolor. Verlo llorar en ese momento era tan doloroso como que le clavasen un puñal. Intencionadamente o no, parecía como si ella fuese siempre el motivo de sus lágrimas. Si ella no hubiese nacido, la mujer que él amaba no habría muerto, y lo que estaba sucediendo también era culpa de ella. Kamel tenía razón en eso.

Había hecho un trabajo para el que no estaba preparada y lo había hecho mal. Sin embargo, las consecuencias no las había pagado solo ella. Otras personas habían sufrido. Levantó la barbilla. Eso iba a terminar. Había cometido un error y tragaría sapos y culebras, aunque, en ese caso, tenían la forma del sombrío e increíblemente guapo y arrogante príncipe de Surana.

—Creía que te había perdido. En Quagani hay pena de muerte, Hannah. Era la única forma que teníamos de sacarte. Querían que sirvieras de escarmiento y lo habrían hecho si el rey no hubiese intervenido personalmente. Kamel es un buen hombre.

Todo el mundo parecía tener la misma opinión, pero ella no se lo creía. No obstante, estaba claro que no solo la había rescatado, también le había salvado la vida.

—Lo sé, papá. Esto me parece bien —mintió ella.

—¿De verdad?

–Sí. Ya iba siendo hora de que subiera al altar, ¿no te parece?

–Él te cuidará –su padre le agarró una mano–. Os cuidaréis el uno al otro. Sabes que tu madre era el amor de mi vida.

–Sí, papá –confirmó ella con la tristeza atenazándole el corazón.

–Ella no me amaba cuando nos casamos. Estaba embarazada y la convencí. Lo que quiero decir es que es posible llegar a amar a alguien. Ella lo hizo.

Ella, increíblemente conmovida, asintió con la cabeza y con un nudo de lágrimas en la garganta. No tenía sentido decirle que eran casos completamente distintos. Su padre amaba a la mujer con la que se casó y ella iba a casarse con un hombre que la despreciaba, un hombre que le había salvado la vida. Despertaría en cualquier momento. Sin embargo, no era un sueño. Por muy irreal que pareciera, estaba agarrada del brazo de su padre, quien iba a llevarla al altar para que se casara con un desconocido.

–¿Preparada?

Ella intentó recordar cómo se sonreía, por él, y asintió con la cabeza. La elegante Raini dijo algo a alguien que ella no veía y las grandes puertas se abrieron.

Había esperado algo tan magnífico como lo que había visto hasta ese momento, pero le pareció que el espacio era relativamente pequeño e íntimo, apacible. La tranquilidad contrastaba radicalmente con la tormenta emocional que la dominaba por debajo de la serena apariencia.

Aparte del sacerdote y el coro, solo había cuatro personas. Dos gobernantes con sus ropajes en unos bancos y otros dos hombres de pie que la esperaban. Uno era alto y rubio, el otro... el otro era alto y muy moreno. Cerró los ojos para intentar relajarse, para respirar... Volvió a abrirlos y sonrió a su padre. Bastante mal estaba pasándolo él como para que ella se desmoronara.

—¿Nervioso?

—No —contestó Kamel mirando a su padrino.

Sería más preciso decir que se sentía resignado. Solo se había imaginado esperando a una mujer en el altar y había visto a otro hombre esperándola. Nunca olvidaría la expresión de ella, estaba resplandeciente de felicidad. Sin embargo, en ese momento, veía otra cara que se superponía a la de Amira, una cara rodeada de pelo rubio.

—Supongo que podría decirse que es una versión de una boda de penalti —comentó el otro hombre mirando a los dos personajes de la realeza que estaban en los bancos delanteros—. ¿Ella no está...?

Él intentó imaginarse esos ojos azules mientras ella tenía un bebé en brazos.

—No, no lo está.

—Vas a recibir muchas presiones para que lo esté. Espero que ella sepa dónde está metiéndose.

—¿Lo sabías tú? —preguntó Kamel con curiosidad sincera.

—No, pero tampoco iba a casarme con el heredero... y me alegro. Raini y yo hemos decidido no volver a intentar la fecundación in vitro. Ya llevamos ocho años y tiene que haber un límite, no puede pasar por eso indefinidamente.

—Lo siento.

Esa expresión nunca había significado menos. Él nunca se había olvidado de que la vida era injusta, pero si lo hubiese hecho, eso se lo habría recordado. El mundo estaba lleno de niños indeseados y no amados y, sin embargo, esas dos personas, que podían entregar todo el amor del mundo a un hijo, no iban a tenerlo.

–Gracias –Steve vio que un guardaespaldas asentía con la cabeza y hablaba por el auricular–. Me parece que ha llegado puntual. Eres un hombre afortunado.

Kamel miró hacia donde miraba Steven y se quedó sin respiración. Desaliñada le había parecido hermosa, pero esa mujer alta y esbelta, vestida de blanco, con el pelo rubio que le caía como una nube por la espalda y con los diamantes sobre el velo de encaje era como un sueño.

–Eso está por ver –replicó Kamel.

Su padrino lo miró con un brillo burlón en los ojos mientras el coro cantaba el *Ave María* y la novia, del brazo de su padre, avanzaba por al pasillo precedida por su dama de honor.

Una sensación de calma se adueñó de Hannah cuando se quedó delante del novio. Le parecía como si no fuese ella, como si estuviera flotando en el aire y presenciara esa parodia desde arriba, como si se viese dando las respuestas con una voz que no temblaba.

El temblor llegó después, cuando los declararon esposo y esposa y Kamel la miró por primera vez. Sus ojos negros se clavaron en los de ella con una intensidad increíblemente penetrante mientras le apartaba un pliegue del velo de la mejilla. No supo quién se inclinó, solo supo que fue una sensación muy extraña, como si un hilo invisible la acercara a él. Tenía los ojos abiertos cuando sus labios se encontraron, pero fue cerrándolos a medida que la presión se hizo mayor, hasta que separó los labios y correspondió al beso sin reparos.

Kamel fue quien rompió el contacto. Ella se quedó sin su sabor y su olor, y la cruda realidad hizo acto de presencia. Solo había besado a su marido y había disfrutado... mucho. Eso estaba muy mal en todos los sentidos. Era como si él hubiese pulsado un interruptor que ella no sabía que tenía. Se estremeció sin poder dominar la oleada abrasadora que le bañaba la piel.

Él le tomó una mano, se la llevó a los labios y vio que el brillo sensual de sus ojos de terciopelo dejaba paso a algo parecido al pánico. No estaba escandalizado, pero sí sorprendido por la intensidad de la reacción física de ella.

—Sonríe, eres una novia radiante, *ma belle*.

Hannah sonrió hasta que le dolieron las mandíbulas y siguió sonriendo durante las firmas. Solo podía pensar en el beso. Por primera vez en su vida, comprendió lo poderoso que era el sexo y que una persona pudiera olvidarse de quién era bajo la influencia de esa droga.

Los líderes de los dos países la besaron en la mejilla y su padre la besó con más vehemencia.

—Sabes que siempre estaré a tu lado, Hannah.

—Lo sé, papá. Estoy bien.

Ella parpadeó para contener las lágrimas de emoción, pero no pudo deshacer el nudo que tenía en la garganta.

—Yo la cuidaré, Charles —intervino Kamel.

Su sinceridad hizo que le rechinaran los dientes. No se podía confiar en un hombre que mentía tan bien, aunque ella no tenía ninguna intención de confiar en él. Kamel le tomó una mano y, como su padre estaba mirándolos, no se soltó hasta que no pudo verlos. Él se limitó a sonreír con sarcasmo.

Diez minutos después de las despedidas, fueron a los aposentos privados de él. Su esposa no dijo una palabra en todo el tiempo. Era imposible no notar la diferencia entre la gélida reina que tenía al lado y la cálida mujer a la que había besado. El fuego que había brotado entre ellos, asombroso por su intensidad y avidez, lo había dejado con curiosidad y ganas de repetirlo.

Anhelaba a su esposa... La vida estaba llena de sorpresas y no todas eran malas. La situación era la idónea para un hombre que tenía una visión pragmática del sexo.

Esa habitación era tan grandiosa como todas las demás y, si ella lo había entendido bien, estaba conectada con otros dos dormitorios. Su cerebro, agotado, estaba lleno con un zumbido de confusión y con dos imágenes: la del rostro cansado y enfermo de su padre y la del brillo depredador y abrasador de los ojos de Kamel cuando fue a besarla.

—¿Se te ha ocurrido pensar que podríamos disfrutar de este matrimonio en vez de soportarlo?

Hannah soltó el picaporte, se dio la vuelta y se apoyó en el panel de madera. Él estaba demasiado cerca. Intentó tomar aire mientras el cuerpo le vibraba por la provocación sensual que brillaba en sus ojos negros.

—Esta noche solo quiero disfrutar de un poco de privacidad.

—No disfrutarías con eso.

Ella levantó las manos con un gesto de desesperación, como si se rindiera.

—¡De acuerdo! Me pareces atractivo. ¿Eso es lo que querías oír? Muchos hombres me parecen atractivos, pero no me acuesto con todos.

Con ninguno, mejor dicho.

—Eres selectiva. Me gusta eso de ti.

—Es agradable mirarte, pero tu vanidad es absolutamente disuasiva.

—Podría hacer algo. Tú podrías enseñarme.

Era grande, depredador y pecaminosamente sexy. ¡Estaba segura de que él sí podría enseñarle algunas cosas! Sintió náuseas. Asombrada por eso que se le había pasado por la cabeza, levantó la barbilla y fue la princesa gélida que podía ser.

–No me gustan las relaciones sexuales esporádicas ni dar lecciones –replicó ella con altivez.

–Estamos casados, *ma belle*. No es algo esporádico... y tampoco necesito lecciones.

Ella se miró el anillo y le pareció muy pesado. Se sentía... consumida. Consumida por sentimientos que necesitaba. Sacudió la cabeza. Era peligroso imaginarse algo que no existía. Lo atribuyó a la botella de champán que había abierto Raini en la limusina. ¿Había bebido una copa o dos? A pesar de haber bebido, lo único que necesitaba era dormir.

Él apoyó una mano en la puerta y se inclinó hacia ella.

–Bueno, si cambias de opinión, ya sabes dónde estoy –dijo mirándola a los ojos–. Para que conste, me parece bien el sexo sin más. No me sentiré utilizado ni rebajado por la mañana.

Su risa profunda y burlona fue la gota que colmó el vaso. Ella entrecerró los ojos y levantó la barbilla. Sintió como un chasquido dentro de ella cuando lo agarró de la cabeza y se la bajó. Justo antes de besarlo en los labios, vio que su expresión dejaba de ser burlona y que sus ojos dejaban escapar un destello peligroso. Supo, con la poquísima cordura que le quedaba, que estaba haciendo algo increíblemente estúpido, pero era demasiado tarde para echarse atrás, él ya estaba besándola con una sensualidad que hacía que el cerebro somnoliento se le desconectara.

Era muy raro que algo lo sorprendiera, pero Hannah ya lo había sorprendido dos veces. Primero, al besarlo y, luego, cuando el anhelo se apoderó de su cuerpo. ¿Había deseado tanto a alguna mujer? Entonces, reconoció el sabor del beso. Se apartó, pero ella se aferró como una lapa delicada, cálida y tentadora. Sabía que, si seguía un segundo más, no podría detenerse. Sin embargo, quería que cuando hiciera el amor con su esposa, ella no solo lo deseara, ¡sino que estuviera despierta y sobria! Miró su rostro sonrojado y el brillo casi febril de sus ojos, el mismo que vio en los ojos de un amigo que se tomó una anfetamina antes de un examen y se quedó dormido cuando estaba haciéndolo. Hannah necesitaba dormir urgentemente y estaba bastante achispada. Le gustaba, como norma, hacer el amor con una persona que estuviese consciente. Esbozó una sonrisa resignada. Ser noble estaba sobrevalorado, no le extrañaba que se hubiese pasado de moda.

—Has bebido.

—¡No estoy borracha! —exclamó ella parpadeando.

—No vamos a discutir ese punto —replicó él con cansancio—. Creo que debemos dormir. Buenas noches, Hannah.

Él se marchó y ella se quedó con la sensación de que era una mujer que se había insinuado a su marido y que él la había rechazado. No solo se sentía rebajada, se sentía poco atractiva. La habían rechazado dos prometidos y un marido, pero no tenía fuerzas para que le importara. Suspiró, se tumbó vestida en la cama, cerró los ojos y se quedó dormida.

Capítulo 6

HANNAH estaba perdida y era demasiado orgullosa como para pedir ayuda. Por fin, encontró a Kamel en la cuarta habitación donde miró. Como todas las demás, era enorme y sus tacones retumbaron en el suelo con incrustaciones. Kamel no la miró, pero el halcón, desde la percha, no apartó los ojos de ella mientras su dueño miraba la pantalla de su móvil con el ceño fruncido por la concentración. Sin hacer caso de la punzada anhelante que sintió en las entrañas, se acercó al escritorio y se aclaró la garganta. Él no levantó la cabeza y ella notó que la rabia le bullía por dentro. Perfecto, si él quería ser antipático, ella también podía serlo. Se sentía muy arisca después de la noche anterior.

—¿Esto es lo que haces?

Él dejó de mirar los correos electrónicos y la miró con una sonrisa.

—Buenos días, querida esposa.

A él no le parecía un día bueno y había pasado una noche espantosa. Estaba cansado y más frustrado de lo que debería estar cualquier hombre después de la noche de bodas. Una ducha fría y una carrera le habían devuelto algo de perspectiva, hasta que ella entró y él olió su perfume. La deseaba allí y en ese momento. Para él, había mucha diferencia entre desear y necesitar. No se había permitido necesitar a ninguna mujer desde Amira.

Necesitaba sexo, no a Hannah, y el sexo estaría muy bien. Había resultado que su gélida esposa tenía más fuego por dentro que ninguna otra mujer que hubiese conocido. Sin embargo, después se sentiría como se sentía siempre. El nudo de soledad que le oprimía el pecho solo se desataría un rato.

Hannah apretó los labios por el sarcasmo, pero se limitó a arquear una ceja.

–¿Y bien?

–Me parce como si entrara en esta conversación cuando está mediada. ¿Café? –él levantó una cafetera que había en la mesa, se rellenó la taza y la miró–. ¿Resaca?

–No –mintió ella mientras se le hacía la boca agua por el aroma del café–. No quiero café.

–Entonces, ¿puedo ayudarte en algo?

Ella resopló con fastidio y, sin mirar atrás, señaló hacía la puerta, donde un hombre trajeado permanecía de pie con una expresión enigmática y una pistola escondida.

–¿Has dispuesto que me siga?

Kamel se levantó y fue hacía la puerta abierta. Hizo un gesto con la cabeza al hombre, la cerró y se dio la vuelta para mirar a Hannah. Llevaba una corbata de seda, una camisa blanca y unos pantalones grises del mismo color que la chaqueta que colgaba del respaldo de la silla.

–Por todos los santos, tienes un aspecto ridículamente perfecto.

Ella había querido decirlo en un tono burlón, pero no lo había conseguido, seguramente, porque el comentario no era una exageración. Los pantalones, evidentemente, estaban hechos a medida y quizá quisieran disimular algún defecto, si lo tenía, pero era inevitable darse cuenta de que, físicamente, no tenía ningún defecto. Él arqueó las cejas y ella se sonrojó.

–Desprecio a los hombres que se miran más al espejo que yo.

–Algo bastante sexista –comentó él mirándola fija y desasosegadoramente–. Sin embargo, cada uno es como es. Lo siento si no estoy a la altura de tu ideal desaliñado y sucio.

Ella se había metido sola en ese embrollo y cambió de conversación. Él siempre estaría a la altura del ideal de cualquier mujer, en cuanto a atractivo, claro.

–No necesito un guardaespaldas.

–No, claro que no.

Ella había empezado a sonreír por haber ganado tan fácilmente esa batalla cuando él siguió.

–Necesitarás todo un equipo.

–¡Eso es cómico!

–Es necesario. Deja de comportarte como una diva y acéptalo.

–Me niego.

Él bajó la mirada desde sus ojos hasta su escote, que subía y bajaba, y se quedó tanto tiempo allí que ella se llevó una mano al cuello.

–Niégate todo lo que quieras, yo no voy a cambiar nada. Sé que tienes que adaptarte y lo tendré en cuenta.

–¡Lo tendrás en cuenta! Esto es un palacio, ¿cómo voy a adaptarme?

–He estado en Brent Hall y no me pareció una vivienda de protección oficial.

Se acordó del retrato que colgaba encima de la chimenea del salón. ¿Hannah Latimer había tenido esa inocencia soñadora que brillaba en los ojos del retrato o el artista había querido halagar al hombre que le pagaba?

Ella abrió la boca para replicar, pero cayó en la cuenta de lo que había dicho él.

–¿Has estado en mi casa?

—Representé a mi tío en un acto social, en dos, mejor dicho. Creo que te adaptarás a tu cambio de categoría. En realidad, toda tu vida has jugado a ser una princesa mimada. La única diferencia es que ahora tienes el título, y a mí, claro.

—Intento olvidarlo.

—No es la mejor idea.

A pesar del tono inexpresivo, ella captó la advertencia y no le gustó. Él, tampoco.

Kamel tomó un bolígrafo de la mesa con un gesto tolerante de la cabeza.

—Es algo irremediable. No saldrás de este edificio sin servicio de seguridad.

—No estaba fuera del edificio. Estaba esperándome fuera del dormitorio.

—¡Ah! Te preocupa tu intimidad.

—Sí, evidentemente.

No le gustaba la idea de vivir en una jaula dorada. Había renunciado a su libertad, pero había límites. Sin embargo, ¿dónde puso los límites la noche anterior?

—Te prometo que tendremos suficiente intimidad.

La insinuación hizo que sintiera una descarga abrasadora en todo el cuerpo y se sonrojó.

—Te ruborizas muy fácilmente.

—No estoy acostumbrada al calor —replicó ella mirándolo con una rabia beligerante.

Quizá se hubiese acostumbrado al calor del desierto, pero estar cerca de un hombre que hacía que sintiera... Suspiró levemente mientras buscaba la palabra, hasta que la encontró. Sentía avidez y nunca se acostumbraría a eso. Aunque esperaba que se le pasara pronto, como una fiebre de veinticuatro horas.

—Entonces, es un ejemplo de que mi vida no va a

cambiar. Salí de una celda con un centinela en la puerta y he entrado en otra.

—Sin embargo, las instalaciones y la decoración son mejores —contraatacó él con suavidad.

La sonrisa indolente de él no hizo que ella mejorara de humor. Mirar su boca, tampoco. Tenía que hacer un esfuerzo para no llevarse los dedos a los palpitantes labios. Él no había dicho nada del beso. ¿Se había olvidado? Esperaba que sí, pero ella solo se había olvidado hasta que se metió en la ducha y la humillante escena volvió con toda su crudeza.

—No es una broma.

—Tampoco es como para que grites y te dé una pataleta.

Él le miró los pies y los tobillos. Eran bonitos, pero más bonitas eran las pantorrillas. Siguió subiendo con la mirada. El vestido de seda azul, sin mangas y ceñido a la cintura con un cinturón estrecho y marrón, le llegaba justo hasta la rodilla. Era una imagen... regia. Intentó no imaginarse que introducía las manos por debajo de la tela y acariciaba esas curvas, pero ya sentía un anhelo abrasador en las entrañas. Podía haberse despertado con ella entre los brazos. Sin embargo, sabía que había tomado la decisión acertada, aunque se hubiese pasado toda la noche en vela y llamándose majadero.

—Ni grito ni me dan pataletas.

—Pero tiendes a convertirlo todo en un drama, ángel.

Ella arqueó las cejas hasta que casi le llegaron al flequillo del discreto peinado que se había hecho esa mañana. La mujer que vio en el espejo mientras terminaba de peinarse no se parecía nada a la mujer con los labios hinchados, el rostro sonrojado y los ojos brillantes que vio la noche anterior antes de tumbarse vestida en la cama.

–Si esto no es un drama, ¿qué lo es?

–Reconozco que no es fácil, pero los dos estamos pagando las consecuencias de tus actos.

Ella levantó las manos y ni siquiera se dio cuenta de que un pendiente de perlas había salido volando por el aire.

–¿Hasta cuándo vas a estar recordándome que todo es culpa mía?

–Depende de hasta cuándo me irrites.

Kamel fue a recoger al pendiente al lado de la ventana.

–Te irritas solo con mi respiración.

–No si respiras en silencio –replicó él con una ceja arqueada.

Ella no estaba respirando en silencio. Cuanto más se acercaba él, más alto respiraba, hasta que dejó de respirar completamente.

–Eres...

Soltó el poco aire que le quedaba con un suspiro cuando él se quedó tan cerca de ella que podía notar el calor de su cuerpo.

–¿No has oído hablar del espacio personal? –preguntó ella mientras echaba la cabeza hacia atrás para mantenerse en su sitio y lo miraba a los desafiantes ojos–. ¿Qué estás haciendo? –siguió presa del pánico cuando él se inclinó hacia ella.

Mejor dicho, ¿qué estaba haciendo ella? Había intentado por todos los medios no mirarlo a la boca, no pensar en el beso, pero ya no podía evitarlo; la firmeza de sus labios, la calidez de su boca, la humedad...

–Has perdido esto.

Ella tardó unos segundos en ver el pendiente que tenía entre el índice y el pulgar. Cuando se dio cuenta, se llevó la mano a la oreja... equivocada.

–Es esta –él le tomó el lóbulo de la oreja entre los dedos y lo soltó–. Precioso.

La reacción física a ese leve contacto fue tan intensa que se le dispararon todas las alarmas. Bajó la cabeza y retrocedió un paso. Ya no le parecía importante mantenerse en su sitio.

–Gracias –consiguió decir ella mientras tendía una mano y se fijaba en su hombro izquierdo.

Él no hizo caso de la mano y se inclinó hacia ella. Ella quiso pedir socorro y se le congeló la sonrisa. Captó el olor de su cuerpo, podía notar la calidez de su cuerpo a través de la ropa de él y de la de ella... Se imaginó lo cálida que sería su piel sin... Su temperatura interior subió muchos y dolorosos grados mientras soportaba, excitada y abochornada, que él le levantara la cara con un dedo debajo de la barbilla. Había decidido que lo único que tenía de positivo casarse con hombre al que detestaba era que no volvería a sufrir la humillación del rechazo, que le daría igual. Era una teoría muy buena, pero difícil de aplicar cuando cada célula de su cuerpo anhelaba su contacto. Jamás se había sentido así. Se mordió el labio inferior para contener una sonrisa irónica y no provocar una reacción en cadena de la que saldría perdedora. Lo poco que le quedaba era el orgullo.

¿Solo le quedaba el orgullo? Si seguía sintiendo lástima de sí misma, acabaría siendo la niña mimada y frívola que su marido creía que era. Su marido... ¡Estaba casada!

Como solía decirse, «a la tercera va la vencida». Vencida. Sabía que muchas mujeres envidiarían su derrota, como muchas niñas la envidiaron cuando estaban en el colegio.

Aquella camarilla que había decidido amargar la

vida de la niña nueva incluso antes de que hubiesen descubierto que era tonta. Ella también lo había creído hasta los catorce años, cuando le diagnosticaron que era disléxica. Durante mucho tiempo se había preguntado qué había dicho o hecho, hasta que se encontró en el compartimento de un tren con una de sus antiguas torturadoras, cuando ya eran mayores. Ella se levantó para marcharse, pero se detuvo en la puerta cuando la otra mujer habló

–Lo siento.

Hannah le preguntó lo que siempre había querido saber.

–¿Por qué?

La repuesta fue la misma que le daba su padre cuando lloraba y le preguntaba qué había hecho o qué le pasaba.

–No tiene nada que ver contigo, Hannah –le decía su padre–. Lo hacen porque pueden. Yo puedo cambiarte de colegio, cariño, pero ¿qué pasaría si sucediese lo mismo? No puedes estar huyendo siempre. Para lidiar con el acoso lo mejor es no reaccionar, que no sepan que te afecta.

La estrategia dio un resultado quizá demasiado bueno porque su máscara de frialdad ahuyentó a las acosadoras, pero también a las posibles amigas, excepto a Sal. ¿Qué diría Sal? Sintió una oleada de tristeza. Ya no compartía secretos con Sal, perdió a su mejor amiga el día que la encontró en la cama con su prometido, el día que debería haber sido el día de su boda.

En ese momento, estaba casada. El contacto de Kamel era casi aséptico, pero las vibraciones que sentía por el cuerpo mientras le rozaba el lóbulo de la oreja no tenían nada de asépticas. Tomó aliento cuando él se incorporó y puso una expresión tan impasible como la de él.

–Gracias. ¿Podrías decirme dónde está la cocina?

–No tengo la más mínima idea –contestó él como si la pregunta lo hubiese sorprendido.

–¿No sabes dónde está la cocina?

Kamel, todavía perplejo, no contestó la pregunta.

–¿Para qué querías ir a la cocina? Si quieres que te enseñen el palacio, el ama de llaves...

–No quería que me lo enseñaran, quería desayunar.

No había comido nada la noche anterior, aunque, desafortunadamente, no había sido tan frugal con el champán.

–¿Por qué no has llamado a nadie?

–¿De verdad no sabes dónde está la cocina?

–¿Pretendes que me crea que tú lo sabes y que vas a menudo por la cocina de Brent Hall?

Él no había ido por allí cuando Charles Latimer lo invitó a la enorme casa isabelina llena de empleados. Su hija no estaba en la casa, pero su presencia estaba por todos lados. Había fotos suyas en cada rincón. Eran fotos que mostraban sus logros a lo largo de los años: tocando el violín, montando a caballo, con una raqueta de tenis, con toga y birrete... Y muy guapa en el retrato que colgaba encima de la chimenea de la sala.

–La ha captado muy bien –había comentado el orgulloso padre cuando lo vio mirándolo.

–Me marché de casa cuando tenía dieciocho años –contestó ella con indignación por su ironía.

Además, era una cocinera muy buena gracias a la cocinera que había llevado su padre a Brent Hall. Sarah Curtis tenía un currículum impresionante. Había trabajado en las mejores cocinas de Europa y tenía una hija a la que no le interesaban ni la comida ni la cocina.

Cuando se dio cuenta de que a ella sí le interesaban, la estimuló. Para ella, la cocina era un sitio alegre donde su padre se sentaba por las tardes sin la chaqueta ni la seriedad. Al principio, no se había dado cuenta del motivo, pero, en ese momento, sí lo sabía.

—Claro, ya me imagino que elegir la ropa y reservar una mesa todas las noches tuvo que haber sido muy arduo. ¿Qué exigente carrera estudiaste?

—Clásicas —contestó ella lacónicamente.

—Vaya, dedicaste tres felices años a estudiar algo increíblemente útil.

—Cuatro. Necesité un año más porque soy disléxica.

—¿Eres disléxica?

—Eso no significa que sea tonta.

Era una pregunta que ella, evidentemente, había oído muchas veces y que le había dejado cicatrices. Kamel sintió rabia hacia todos los que le habían creado ese reflejo defensivo. No se podía acusar a Hannah de ser tonta. La ignorancia, la crueldad...

Kamel estaba mirándola de una forma muy rara y en silencio. ¿Le preocuparía que sus hijos heredaran su característica? Quizá tuviese razón, pero ella, al menos, podría ver los indicios y su hijo no tendría que esperar a ser un adolescente para que se lo diagnosticaran.

—¿Eres disléxica y te licenciaste en clásicas?

—No a la primera, pero sí puedo hacer una taza de té y una tostada y, además, no juzgo a las personas que no conozco... —se detuvo y se preguntó por qué estaba quitándose importancia—. Saqué notable y soy una cocinera muy buena.

Habría sido una cocinera mejor si hubiese aceptado hacer prácticas en el restaurante que le había buscado Sarah; muchas horas, tareas insignificantes y repetitivas, trabajar a las órdenes de un cocinero con tres estrellas Michelin... Por una vez, no había conseguido embaucar a su padre, quien había explotado cuando se enteró. Aunque sí aceptó la plaza en esa prestigiosa universidad, no fue solo para complacerlo, fue porque se había dado cuenta de que su carrera profesional se había convertido en un problema importante entre él y la cocinera, su amante.

La sonrisa que esbozó Kamel no se reflejó en sus ojos, que siguieron pensativos, o cautelosos.

–Me he casado con una mujer inteligente y que es una diosa doméstica. Soy muy afortunado.

Ella apretó los dientes por lo que le pareció sarcasmo.

–Muy afortunado –repitió él.

La vio con el vestido de novia, con los rizos húmedos, con los labios rosados e hinchados, con los ojos vidriosos y abrasadores por la pasión. Inconscientemente, se pasó el pulgar por la palma de la mano, como cuando le acarició la mejilla y notó la calidez de su piel. La diferencia con la mujer fría y distinguida que tenía delante no podía ser mayor. Las dos eran hermosas, pero la mujer de la noche anterior había sido sexy, ardiente, receptiva... pero casada. No se acostaba con mujeres bebidas. Normalmente, la historia acababa sin más y no se pasaba horas sofocando la frustración y la pasión mientras maldecía su sentido del honor radical. El mismo sentido del honor que había hecho que dejara a Amira en brazos de Hakim. ¡Era un santo o un idiota!

Hannah se encogió de hombros para sus adentros. Le daba igual lo que él pensara de ella, seguía queriendo abofetearlo... o besarlo. Se alisó el vestido de seda y sonrió levemente mientras pensaba en borrarle de un bofetón esa expresión de superioridad altiva.

–Tranquila, nos marchamos a las doce y media.

No iba a tranquilizarse, pero era la mejor noticia que había oído desde hacía varios días.

—¿Adónde te marchas? —preguntó ella solo porque le parecía lo educado.

—Nos marchamos.

—¿Nosotros? ¿De qué estás hablando? ¡Ese plural no existe!

—Por favor, no me premies con otro arrebato histriónico. Ese plural no existe detrás de las puertas cerradas —él se sentó en el borde de la mesa con una sonrisa sarcástica—, pero, en público, seremos una pareja de enamorados y me mostrarás respeto.

—Cuando dejes de mentirme. Dijiste que no tendríamos que vivir juntos.

—No te lo creíste de verdad. Dije lo que querías oír. En su momento, me pareció lo más amable.

—A lo mejor debería darte las gracias por mentirme amablemente —replicó ella resoplando.

—Evidentemente, tenemos que comentar algunas cosas —concedió él mirando el reloj de pulsera.

—Comentar —repitió ella con una sonrisa incrédula porque eso significaba escuchar—. ¿De verdad?

—Sí, de verdad —contestó él pasando por alto la ironía de ella.

—¿Vas a concederme un poco de tu tiempo?

¿Se había casado con un hombre al que tenía que pedir una cita para hablar con él? Eso ilustraba lo espantosa que era la situación. Se había metido en ella con los ojos muy abiertos y el cerebro ofuscado. En el fondo, nunca había dejado de creer en el amor para toda la vida, en que todo sucedía por algún motivo.

Una sombra de irritación cruzó los rasgos duros y afilados de él. Ella sacudió la cabeza y se rio con una incredulidad absoluta.

—¿Vas a concederme una audiencia? —insistió ella mientras hacía una reverencia burlona.

—Estás acostumbrada a que la gente lo deje todo cuando exiges atención —replicó él con los dientes apretados—, pero tengo una noticia de última hora...

Él no terminó la frase, pero su tono despectivo fue muy elocuente mientras miraba los papeles que había en la mesa.

Ella no quería ser importante para él, pero un poco de cortesía, ya que no empatía, lo habría convertido en humano. Sin embargo, había querido dejar muy claro desde el principio que ella era insignificante, que era la última de sus prioridades.

—Lo siento —dijo ella con su frialdad defensiva—. Sigo viviendo en un mundo donde la gente se casa por respeto mutuo, ¡no por desprecio mutuo! Fui poco realista y no volverá a pasar. No te molestaré más. Que tu gente hable con la mía y...

Ella no tenía gente. Se dio cuenta, por primera vez, de que estaba completamente sola.

—Necesito una hora —añadió ella con los ojos muy cerrados.

Abrió los ojos y vio que él estaba mirándola fijamente. Se le encogió el estómago.

—Podría retrasarlo, pero había dado por supuesto que preferirías llegar pronto a Brent.

—¡Brent! —ella abrió los ojos como platos y sonrió levemente—. ¿Vas a llevarme a casa?

—Esta es tu casa.

Molesta por haber sacado conclusiones precipitadas, se tragó el daño y levantó la barbilla.

—Esta no será mi casa jamás —replicó ella mirándolo a los ojos.

—Eso, *ma belle*, depende de ti, pero tu padre quería

celebrar una fiesta para nosotros y tus amigos. Creo que lo correcto sería que estuviésemos. Pediré que te lleven el desayuno a tu dormitorio.

Hannah apretó los dientes y se marchó de la habitación con la cabeza muy alta.

Capítulo 7

SU PADRE fue a recibirlos al aeródromo privado y Hannah se sintió aliviada al ver que tenía mejor aspecto que el día anterior. Estaba sentada en la limusina entre los dos hombres y el esfuerzo para fingir tranquilidad, por su padre, le había pasado factura cuando llegaron a Brent Hall. El dolor de cabeza daba indicios de haberse convertido en una migraña.

–Creo que me retiraré a mi cuarto si no me necesitas para que eche una mano.

–No, descansa. Es una buena idea. Todo está organizado. Además, tengo algunas ideas que quiero comentar con tu marido. De nada sirve tener un genio de los negocios en la familia si no te aprovechas de él, ¿verdad? –bromeó su padre mientras miraba a Kamel–. Estoy seguro de que, incluso, te escribirá las cartas de agradecimiento.

Hannah se rio y su padre le guiñó un ojo.

–Es una broma familiar.

Kamel pensó que era una broma a costa de Hannah, había visto que ella se encogía antes de sonreír. ¿Cuántas veces habría sido objeto de esas bromas? Al parecer, Charles Latimer, que adoraba a su hija, no captaba su sensibilidad.

–Sé que Hannah es disléxica. ¿Esa es la broma familiar?

–¿Te lo ha contado? –preguntó Charles con asombro.

–Sí, pero me habría dado cuenta de que la broma familiar no le hace gracia aunque no me lo hubiese contado.

El padre de Hannah se quedó aterrado por la insinuación.

–Es que algunos de sus errores han sido tan... –no siguió con la explicación al ver el gesto serio de su yerno–. Hannah tiene mucho sentido del humor.

–No lo tengo.

Hannah, en vez de ir a su cuarto, bajó a la cocina, pero fue a los aposentos privados de Sarah en cuanto vio que la cocina estaba tomada por un servicio de catering. La cocinera se quedó encantada de verla, como Olive, la perra que estaba en una cesta rodeada por sus cachorros y que le lamió la mano agitando la cola.

Sarah, sin que se lo pidiera, sacó unos analgésicos, café y bollos.

–Ahora, cuéntamelo todo.

Hannah le contó la versión autorizada y se quedó media hora antes de levantarse.

–¿Adónde vas? –le preguntó Sarah.

–A mi cuarto. Tengo que arreglarme –contestó ella haciendo una mueca.

–Por ahí no, Hannah –Sarah se rio–. No puedes dormir en tu cuarto de siempre. Estás casada.

–¡Me había olvidado! –gruñó Hannah.

Si a la cocinera le pareció raro que dijera eso, no lo demostró y le habló con entusiasmo de la suite de invitados que habían redecorado y donde dormiría ella.

–Aunque si estás acostumbrada a un palacio...

–No estoy acostumbrada a un palacio, nunca lo he estado. ¡Los odio y lo odio a él!

Dicho lo cual, le contó entrecortadamente toda la historia.

–Sabía que algo iba mal –comentó Sarah mientras le obligaba a beberse una taza de té con mucho azúcar–. No sé qué decir, Hannah.

–No hay nada que decir. Siento haberte amargado así.

–Para eso estoy. Sabes que siempre te he considerado mi segunda hija.

–Ojalá lo fuera. Papá cree que estoy contenta. No le dirás nada, ¿verdad? Me preocupa mucho que el estrés...

No tenía que explicárselo a Sarah, quien la había acompañado al hospital. Después de que Sarah le prometiera que no diría lo infeliz que era, fue a la habitación de invitados y comprobó que la cocinera no había exagerado. Una cama con dosel de seda ocupaba un fondo de la habitación. Miró hacia otro lado, pero después de que algunas imágenes prohibidas se le colaran en la cabeza. Se dio la vuelta y vio que en el otro fondo había una bañera como una piscina que estaba encastrada en una tarima con dos puertas detrás. Una estaba abierta y daba a un cuarto de baño enorme. Pulsó un botón en un panel de control y la habitación se llenó con sonidos marinos. Como no supo qué botón era para apagarlos, cerró la puerta y abrió la otra. Las luces de dentro se encendieron automáticamente y vio un espacio tan grande como su piso lleno de colgadores, espejos y estantes. No estaba lleno, pero tampoco estaba vacío. Su ropa y zapatos estaban cuidadosamente ordenados. Zapatos, bolsos, ropa interior... Había algo para cada ocasión, incluso para esa noche, cuando todos los ojos estarían pendientes de ella. Dejó de pensar en esa noche y levantó una camisa de seda. Parpadeó para contener las lágrimas.

Después de los últimos días, había creído que nada podría asombrarla, pero cuando abrió la caja de terciopelo y vio lo que había dentro, supo que se había equivocado.

Kamel miró la puerta cerrada y luego miró el reloj. Había esperado que ella se retrasara y que fuese hostil, pero, a las siete en punto, la puerta se abrió y su esposa entró en la habitación.

Él tuvo que hacer un esfuerzo para no quedarse boquiabierto. La había visto en las peores condiciones y le había parecido hermosa; en las mejores, era impresionante. El vestido de satén que llevaba como si fuese una reina le dejaba un hombro al aire, al estilo griego. El corpiño, con un escote holgado, bajaba ceñido hasta las rodillas, donde se abría hasta el suelo. Su piel contrastaba con el negro como una perla opalina.

El silencio se alargó tanto que ella tuvo que contener la absurda idea de hacer una reverencia. ¿Qué tenía que hacer? ¿Le pedía que la valorara del uno al diez? La angustia le atenazaba las entrañas, pero se acercó a él con una expresión serena y no le pidió su aprobación.

–¿Me he retrasado?

–No llevas los diamantes –comentó él al darse cuenta de que no se había puesto las joyas que había sacado de la caja fuerte esa mañana.

–Soy una mujer más bien austera.

Ni siquiera ella sabía por qué era tan reacia a ponerse joyas.

–Y yo soy un hombre que cree que, si lo tienes, debes mostrarlo –replicó él con sarcasmo.

–De acuerdo, me los pondré –concedió ella a regañadientes antes de marcharse.

Volvió al cabo de unos minutos con las joyas puestas.

–¿Satisfecho?

Al menos, ya nadie la miraría a ella, todo el mundo miraría atónito el collar.

Una vez fuera, las puertas del ascensor se abrieron y sintió una punzada de aprensión a meterse en un espacio cerrado con ese hombre. Se levantó un poco el vestido con una mano.

–Bajaré por las escaleras.

–Yo, no.

Se puso en tensión al notar la mano en la espalda que le empujaba adentro y se quedó en un rincón sin mirarse a los espejos que cubrían las cuatro paredes del ascensor. Salió antes que él y estuvo a punto de caerse.

–Relájate.

Ella se rio con incredulidad y giró la cabeza, lo que hizo que se acordara de que llevaba dos lámparas de cristal colgadas de las orejas.

–¿Lo dices en serio?

Él se había pasado casi todo el vuelo dándole un curso acelerado sobre cómo debían comportarse las princesas. No le había dicho qué pasaría si lo hacía mal, pero se había quedado con la sensación de que la estabilidad política de todo un continente dependía de que no le dijera la palabra inadecuada a la persona inadecuada o de que no tomara el tenedor equivocado.

–Si hubiese escuchado todo lo que dijiste, estaría temblando de pies a cabeza, pero he empezado como pienso continuar. He desconectado de ti.

Sonrió al ver el destello de desconcierto en sus ojos. Luego, esbozó la mejor de sus sonrisas y lo agarró del brazo mientras llegaban a las puertas dobles del salón de baile.

–Sé cómo ganarme a la gente –añadió ella.

A pesar de eso, se alegraba de entrar allí junto a un hombre que irradiaba autoridad. Había actuado como anfitriona de su padre durante años, pero le sorprendió comprobar que reconocía muy pocas caras.

Sin embargo, pese a los recelos iniciales, después de una copa de champán iba de grupo en grupo recibiendo felicitaciones, sonriendo y mintiendo sin reparos. Hasta que vio un hombre conocido. Naturalmente, sabía que su padre y Rob Preston seguían viéndose por motivos personales y profesionales, pero nunca habían invitado a su exprometido a ningún acto cuando ella estaba presente. Fue hasta el grupo donde estaba su padre.

–¿Me lo prestáis un momento?

–¿Qué pasa, Hannah?

–¡Rob está aquí!

–Es uno de mis amigos más antiguos. Ya estás casada y creo que es hora de que pasemos esa página si Rob quiere olvidar y perdonar.

–Yo también debería –tomó aliento. Eso era lo que pasaba cuando se anteponía el orgullo a la verdad–. Tienes razón, papá, no pasa nada.

A medida que avanzaba la fiesta, algunos invitados fueron saliendo al jardín y ella los acompañó. Había pasado toda la noche eludiendo a Rob, quien, para su alivio, no había mostrado interés en hablar con ella. Las ramas de los árboles tenían farolillos blancos y se oía la música del interior, era una escena mágica. La mayoría de las personas habían evitado la hierba mojada y se había reunido alrededor de la piscina, salvo una pareja madura que apareció entre los árboles. La mujer estaba despeinada y llevaba los zapatos en la mano. Ella se miró los pies, que le dolían por los zapatos de tacón. ¿Dónde se decía que una princesa no podía descalzarse y andar por la hierba? ¿No sería espontáneo y divertido? La añoranza le atenazó la garganta al ver que el hombre ponía un zapato a la hermosa mujer, quien se tambaleó un poco. Él la sujetó, se rieron y se dieron un beso antes de volver adentro.

Hannah estaba tomando una última bocanada de aire y dibujando una sonrisa cuando vio a un hombre que salía de la casa y que miraba alrededor como si buscara a alguien. Su guardaespaldas se quedó fuera como una estatua con corbata negra y ella se escondió detrás de un árbol. Contuvo el aliento y cerró los ojos como una niña que quería desaparecer. Apretó los puños, volvió a abrirlos, se miró las marcas que le habían dejado las uñas en las palmas de las manos y frunció el ceño desafiantemente. Sin embargo, ese pequeño arrebato de rebeldía se esfumó cuando se miró los zapatos que se hundían en le hierba húmeda. ¿Esa iba a ser su vida? ¿Iba a tener que no respetar los carteles de «Prohibido pisar la hierba» para sentirse viva? Como rebeldía, resultaba penosa. Ella era penosa.

Tomó otra bocanada de aire, se quitó los zapatos, los agarró con una mano y se levantó el borde del vestido con la otra mientras se ponía muy recta. Tenía que tragar sapos y culebras. Se dirigió hacia las luces que se filtraban entre la pequeña arboleda.

—Hola, Hannah. Sabía que querías que te siguiera.

Ella dejó escapar un grito sofocado y soltó los zapatos y el borde del vestido, que se arrastró por el suelo mojado mientras se daba la vuelta. El comentario había llegado de un hombre que creía que todo giraba alrededor de él. Eso le asombró más que el que Rob la hubiese seguido. Una parte irracional de su cerebro lo había justificado incluso después de que hubiese descubierto sus infidelidades. No había excusas ni para él ni para ella por ser tan crédula, por no haber visto más allá de sus modales impecables, de su sonrisa profesional y de sus regalos premeditados. Había visto destellos del verdadero Rob y había preferido no hacerles caso, como al desasosiego que había sentido. Si no hubiese entrado en el cuarto de Sal y los hubiese sorprendido...

Cerró los ojos para borrar la imagen y levantó la barbilla. Había temido ese momento, pero ya ¿qué podía pasar? Había pasado dos días encerrada en una celda y podía sobrellevar cualquier situación por incómoda que fuera.

–Hola, Rob.

Él había bebido mucho. Pudo olerlo incluso antes de que saliera a la luz de la luna y ella pudiera ver sus ojos vidriosos. Ver a Rob cuando creía que era el amor de su vida siempre hacía que se estremeciera, pero esa vez se estremeció de rechazo.

–No, no quería que me siguieras. No lo quería en absoluto.

Él se quedó atónito y ella pensó que no había seguido su guion. Bebido o no, seguía siendo un hombre muy atractivo. Las canas que empezaban a salirle le daban un aspecto distinguido y las gafas de montura de concha, que, para su asombro, eran de cristal normal y corriente, hacían que pareciera intelectual y sensible.

Aunque la verdad era que a Rob siempre le había importado más el aspecto que la sustancia. En el fondo, ella lo había sabido siempre, pero había preferido no pensar en ello. Sin embargo, por primera vez, captaba cierta blandura en él. No en el cuerpo, que se moldeaba con un entrenador personal, sino en sus rasgos... ¿Siempre había sido así o era el contraste? Había pasado los dos últimos días al lado de un hombre que hacía que el granito pareciese blando. Vio en la cabeza los rasgos aristocráticos de Kamel, su boca firme y sensual.

–Como en los viejos tiempos. ¿Te acuerdas cuando salimos aquí con una botella de champán...?

Ella se puso rígida y miró con un desprecio gélido sus ojos cargados de deseo.

–Esa no era yo.

Él bajó la mirada y sus labios esbozaron una línea petulante.

–¡Ah! Ella nunca significó nada...

¿Recordaba él con quién estaba hablando? La rabia y la amargura perduraban, pero, sobre todo, sabía que había sido completamente tonta. Sin embargo, en ese momento, podía ver el humor negro de todo, de él. Él era un chiste.

–Ahora, tú no significas nada para mí –le interrumpió ella.

Su expresión se hizo más sombría al darse cuenta de que ella había cambiado de actitud y de que él había perdido todo su poder.

–Eso no es verdad y los dos lo sabemos.

–Mira, Rob, papá quiso que vinieras y me parece bien, pero tú y yo no seremos amigos jamás. Acabemos civilizadamente.

Suspiró y se sintió aliviada. Había temido encontrarse cara a cara con el hombre que le había parecido el amor de su vida y descubrir que no significaba nada. El suspiro de alivio se convirtió en una bocanada entrecortada de aire cuando Rob, tambaleándose, se acercó a ella, quien retrocedió hasta que su espalda se topó con el tronco del árbol.

–Estabas destinada a estar conmigo. Somos almas gemelas. ¿Qué pasó, Hannah?

—Nada, que te acostaste con todas mis amigas cuando estábamos prometidos —contestó ella con un sarcasmo sin rencor porque él sí que era penoso.

—Te lo dije, ellas no significaban nada. Solo eran pasatiempos. No como tú, que eres pura y perfecta. Quería esperarte. Habría sido distinto cuando nos hubiésemos casado. Te lo habría dado todo —añadió llevándose una mano al corazón.

Ese gesto tan teatral y ridículo hizo que se sintiera más divertida que incómoda. Él entrecerró los ojos al ver que se reía y miró las joyas que resplandecían en su cuello.

—Sin embargo, no era suficiente para ti, ¿verdad?

Ella tragó saliva. Reírse no había sido una buena idea.

—Creo que será mejor que me marche.

—¿Es un matrimonio por amor o por una operación petrolífera? —él captó su expresión de asombro y sonrió—. La gente dice cosas y conozco a mucha gente.

Ella sintió náuseas por su mirada fija y lasciva.

—No soy ni pura ni perfecta, pero sí soy...

—Una obra de arte —le interrumpió él—. Completamente perfecta, mi reina perfecta, no la de él. Él no te valora como lo habría hecho yo. Te habría cuidado. Las otras mujeres no significaron nada para mí. Tienes que saber que eres la única mujer a la que he amado.

¿Cómo había podido llegar a pensar que era el hombre de sus sueños? Él apoyó una mano en el tronco, al lado de su cabeza, y se inclinó hacia ella.

—Bueno, no puedes echar de menos lo que nunca has tenido —replicó ella con acidez aunque estaba temblando.

Kamel, que había seguido las huellas de sus tacones, tardó muy poco en encontrarlos. No podía verlos, pero sí los oía y atravesó un matorral con un gesto de furia. No era el momento de pararse a reflexionar. Había intentado ser razonable por todos los medios, pero ella no respondía a lo racional. ¿Estaba midiendo hasta dónde podía llegar él o, sencillamente, no tenía un mínimo sentido del decoro? No se trataba de celos. Una cosa era tener un planteamiento pragmático del matrimonio, pero ella no se había pasado de la raya, la había borrado.

Los vio justo cuando asimilaba lo que acababa de oír. Era tan increíble que se paró en seco.

—Bueno, ¡tú lo recibes con los brazos abiertos!

—Bueno, la idea de que yo era tu alma gemela no te duró mucho, ¿verdad?

—¡Perra! –gruñó Rob con rabia–. Crees que estás a salvo, pero todos sabemos lo que les pasa a quienes se interponen en el camino de tu marido.

Estaba impresionada por la maldad y los celos que podía ver en su rostro. ¡Celos! Sacudió la cabeza con incredulidad. Quizá hubiese representado el papel de víctima durante tanto tiempo que se lo había creído. Comprendió claramente lo afortunada que había sido. Podría haberse casado con él. La repugnancia le atenazó las entrañas mientras intentaba zafarse disimuladamente de él. Pensó que no era ni el momento ni el lugar de decir la última palabra.

—Tienen la costumbre de desaparecer –siguió él haciendo un gesto como si se cortara el cuello–. Ten cuidado.

El siniestro comentario hizo que ella soltara una carcajada. Evidentemente, no fue la reacción que Rob había querido y la agarró. Todo sucedió a tal velocidad, que, luego, cuando Hannah intentó recordarlo, no supo qué había pasado.

Kamel apareció, pero ella fue más rápida, se agachó

y la cabeza de su atacante chocó contra el tronco del árbol. Aun así, no consiguió soltarse y cuando Kamel llegó, Rob, con la frente ensangrentada, le había dado la vuelta.

–¡Perra!

Ella lo abofeteó con la mano libre y, repentinamente, quedó libre. Se desequilibró, se cayó y se quedó sentada en la hierba mojada. Cuando levantó la mirada, vio que Rob tenía un brazo retorcido detrás de la espalda y que Kamel le susurraba algo que no debía de ser muy agradable a juzgar por su expresión. Rob, con la sangre brotando de la herida, pareció acobardarse y empezó a farfullar excusas.

–Si alguna vez te veo a quinientos metros de mi esposa... Si alguna vez la miras siquiera...

No hizo falta que le detallara lo que podía pasarle. Hannah consiguió levantarse y se imaginó los titulares.

–¡No le hagas nada!

Kamel dejó de mirar a ese hombre y la miró a ella.

–Por favor.

Él apretó los dientes y la miró fijamente. Luego, hizo un gesto con la cabeza, dos hombres surgieron de entre los árboles y se llevaron a Rob.

–¿Seguro que no quieres ir a tomarlo de la mano?

–No estaba protegiéndolo a él. Estaba protegiéndote a ti.

¿Por qué se justificaba? Él no iba a creerla y a ella le daba igual lo que pensara.

–¿A mí? –preguntó él como si no pudiera creérselo–. ¿Estás protegiéndome a mí?

Él no sabía por qué le importaba que ella se preocupase por alguien que era un fracasado amargado, pero le importaba.

Ella miró su cuerpo delgado y musculoso. No podía haber nadie que necesitara menos que lo protegieran.

–La prensa podría llamarte algo peor que príncipe rompecorazones –ella hizo una pausa para que lo asimilara. Todavía estaba furioso, pero algo menos–. A Rob le gusta hacerse la víctima. Puedo ver los titulares y...

–No iba a pegarle, pero, si lo hubiese hecho, no habría ido corriendo a contárselo a nadie.

Le pareció tan siniestro como había insinuado Rob. Si bien ella había creído que los comentarios de Rob habían sido fruto de la maldad, también era verdad que no sabía casi nada del hombre con el que se había casado y de lo que era capaz.

–¿Puede saberse qué pensabas al encontrarte aquí con él? –preguntó Kamel para quitarse la imagen que tenía de perra fría y sin corazón.

De entrada, ¿qué estaba pensando cuando se mezcló con él? Ese hombre había llegado a creerse una víctima, una víctima estúpida, pero una víctima. Es cambio, había resultado ser... Cerró los puños y deseó no haberse contenido.

–¿Insinúas que yo lo organicé? –preguntó ella sin disimular la ira–. ¡Rob me siguió!

–Y yo lo seguí a él.

Fue un impulso irreflexivo. En realidad, su repentina desaparición probablemente hubiese producido más conjeturas que la de Hannah.

–¿Por qué? Creía que esas cosas te las hacían otros.

–Hay cosas que un marido tiene que hacer personalmente.

Quizá no estuviese hecha para ser su esposa, pero sí estaba hecha para ser su amante. Quizá fuese el tipo de mujer que evitaría por todos los medios, pero, físicamente, era perfecta.

–Entonces, creíste que tenías el deber de rescatarme.

No consiguió decirlo en tono burlón ni escapar de su mirada implacable. Cada vez le costaba más racionalizar su reacción a su magnetismo o impedir que se le acelerara el pulso por una mezcla de miedo y excitación cuando él estaba cerca.

—No sabía que lo tenías todo dominado —replicó él con sarcasmo.

—Mi héroe que acude a rescatarme otra vez en su corcel.

—Creía que estaba rescatando a tu...

—¿Víctima?

Él dejó de mirarle los labios carnosos y le miró el escote, que subía y bajaba.

—Ese hombre es un... —él dijo algo que ella no entendió, pero que se imaginó—. ¿Qué hace tu exprometido en nuestra fiesta de boda?

—La palabra «fiesta» indica celebración —contestó ella parpadeando por la acusación—. Esta noche me ha parecido más un castigo. Sí, todos sabemos que ha sido culpa mía, pero te diré que ese argumento empieza a ser un poco aburrido. Estoy dispuesta a pagar las consecuencias y a fingir que eres casi tan maravilloso como crees que eres, pero, si este matrimonio va a durar más de dos segundos, no voy a hablar solo cuando te dirijas a mí ni voy a ir dos pasos por detrás de ti. ¡No voy a ser un felpudo! —ella dejó escapar un suspiro—. De ahora en adelante, espero que me trates con respeto, ¡y no solo en público!

Abrumada por una mezcla de espanto y alegría, no recordaba haber perdido el dominio de sí misma tan completamente jamás. Cerró un poco los párpados para protegerse y tomó aliento con el corazón desbocado.

¡La reina de hielo había muerto! ¡Viva la reina de la pasión! Él empezó a esbozar una sonrisa, pero no pudo seguir cuando notó que la lujuria se adueñaba de su cuerpo. No le preocupaba esa reacción física, le preocupaba su intensidad y persistencia. El orden y la disciplina física y mental eran importantes para él. Nunca había hecho nada para encasillar los distintos aspectos de su vida, siempre le había parecido una capacidad natural que le permitía combinar el papel que había heredado inesperadamente con su vida personal. No se le había pasado por la cabeza que estar casado pudiera mezclar las cosas. Esa noche entraba en la casilla del deber. Ocasiones así eran provechosas, eran esenciales, y no debería estar pensando en ella desnuda ni en lo tentadora que era su boca. ¿Había dicho lo que creía que había dicho? Apretó los dientes e intentó recapacitar. Tenía que pensar, pero no en su boca.

–¿Acertaría si creyera que eso ha sido un ultimátum? –preguntó él como si fuese inconcebible.

Ella no se detuvo a analizar su tono. Si quería llamarlo así, le parecía bien. Levantó los párpados, pero su réplica combativa quedó en suspenso cuando las miradas se encontraron.

–¿Si yo...? Yo...

Las terminaciones nerviosas de su cerebro habían dejado de mandarle mensajes, pero sentía que la sangre le bullía en las venas y que le bajaba como un rio de lava hasta la pelvis. Contuvo la respiración, la soltó con un suspiro y levantó la barbilla.

–Sí, lo es. Además, si quieres saber algo sobre la lista de invitados, pregúntaselo a mi padre. Yo conoceré a media docena por su nombre de pila. Tú eres el que estás en el ajo. Yo estoy aquí para sonreír y hacer el paripé.

–¿Hacer al paripé?

–¿Cómo quieres que lo llame? Lo siento por tu vanidad, ¡pero no pretenderás que finja que me gusta la situación cuando estamos solos!

–No. Solo fingirás que no has pensado cómo será.

–¿Cómo será qué?

Su sonrisa sensual e indolente hizo que todo el cuerpo le vibrara con una palpitación sexual.

–Ah, eso –ella intentó parecer burlona para disimular el bochorno–. ¿Aquí? ¿Ahora? –ella soltó una carcajada destemplada–. ¿Alguien te ha dicho alguna vez lo inoportuno que eres?

–La verdad es que no.

–¡Qué tonta! Claro, aunque fueses un desastre en la cama, todas te dirán que eres maravilloso porque eres... porque eres un príncipe –terminó ella con poco convencimiento.

–Tú eres una princesa.

–¿Qué?

–Eres una princesa.

Hannah Latimer, cuando solo era eso, ya era digna, serena, elegante y distante. En ese momento, cuando era una princesa, ¡se había convertido en una especie de esposa mandona! Era culpa de él, él era quien hacía que se comportara así, quien hacía que perdiera el dominio de sí misma. Por culpa de él, decía lo primero que se le pasaba por la cabeza. Decía cosas que no sabía que sentía...

–¡Dios mío!

La descarga de adrenalina hizo que empezara a temblar. Kamel sintió una punzada de remordimiento al verla temblar como una hoja.

–Has pasado una mala experiencia –reconoció él un poco tarde.

Ella lo miró. Cualquiera que lo oyera pensaría que le importaba un rábano.

—Estoy bien. Fue muy oportuno que aparecieras en ese momento —aunque era la última persona del mundo que le habría gustado que la viera en esa situación, reconocía que necesitaba que la salvaran—. Si alguna vez una exnovia tuya intenta arrancarte los ojos, te devolveré el favor.

Ella se quedó consumida y ni siquiera esbozó una sonrisa irónica.

—¿Me rescatarás?

Él no sabía si sentirse divertido, asombrado o... No, dar abrazos de consuelo no iba con él.

—Te parece divertido porque soy mujer.

Se tambaleó en un pie mientras se inclinaba para intentar sacar el otro pie del barro y se volvió hacia él con el ceño fruncido.

—¿Piensas quedarte mirando?

Él sacó el móvil sin apartar la mirada de su trasero, que marcaba toda su firmeza bajo la seda del vestido.

—¡Es una imagen perfecta de ti!

—¡No te atreverás!

Sin dejar de sonreír, cuando sonreía parecía normal, agradable y mucho más guapo, se encogió de hombros, se guardó otra vez el móvil y se inclinó para sacarle el zapato.

—Muy bien, Cenicienta, puedes volver al baile, pero no creo que vayas a bailar mucho con esto —comentó él mientras sacudía el zapato y arqueaba las cejas.

—¿Qué?

—No me había fijado en que tuvieras unos pies tan grandes.

Hannah se quedó boquiabierta.

—En cuanto a que las mujeres son más débiles, ¿has visto a una tigresa protegiendo a sus cachorros?

Sin embargo, él no se imaginó a una tigresa, sino a Hannah dando el pecho a un bebé.

–Supongo que tú, sí –contestó ella con cierta resignación porque él había hecho todo lo que no había hecho ella.

–Una mujer puede ser despiadada cuando defiende lo que considera suyo.

–No eres mío –replicó ella un poco incómoda y abochornada por la insinuación–. Además, no soy despiadada. Yo... estoy dispuesta a pagar mis deudas.

–Y las pagarás.

Era una amenaza u otra insinuación. Ella ya no podía distinguir entre las dos cosas.

–¿Teniendo relaciones sexuales contigo?

La rabia se reflejó en la tensión de sus rasgos afilados.

–No voy a negociar el sexo con mi propia esposa –aseguró él con orgullo.

–¿Crees que voy a tener relaciones sexuales con un hombre al que no aprecie o respete?

–No hace falta que aprecies o respetes a alguien para querer arrancarle la ropa.

–Vaya, te amas mucho.

–No se trata de amor, sino de una atracción mutua muy fuerte.

Con el corazón acelerado, eludió la mirada de él, le arrebató el zapato y se lo puso otra vez.

–Gracias.

Consiguió dar dos pasos antes de que el tacón se le partiera y se desequilibrara. El esfuerzo para mantenerse en pie hizo que se le deshiciera el moño y no pudiera ver. Dio unos pasos a la pata coja antes de detenerse y soltar un juramento. Lo miró desafiantemente, se quitó los dos zapatos y los tiró lo más lejos que pudo.

Se levantó el borde del vestido y siguió andando mientras sentía los ojos de él clavados en la espalda.

–¡Adelante, cuéntalo!

–¿Qué quieres que cuente?

–Cualquier perla sarcástica que estés deseando contar –contestó ella con los brazos abiertos–. Puedo soportarlo.

Sus miradas se encontraron y la sonrisa desafiante de ella se desvaneció. Bajó los brazos tan deprisa que casi perdió el equilibrio. Habría bajado la mirada si el brillo de sus ojos no la hubiera tenido cautiva. El silencio los envolvió como una manta de terciopelo. Tuvo que hacer un esfuerzo para respirar y para dominar el impulso de...

–¿Quieres tomarme, *ma belle*?

Ella notó que se abrasaba por dentro y que quería contestar que sí.

–No puedes decirme esas cosas.

–¿Qué esperas? Eres una mujer muy beligerante.

–Estoy helada.

–Eso dicen los rumores, pero los dos sabemos que no es verdad. ¿Qué hacías con un hombre que quería ponerte en un pedestal y adorarte de lejos?

–Muchas chicas sueñan con eso.

–Pero tú, no. Quieres que te toquen y, cuando lo viste, pareció como si hubieses visto un fantasma.

Él se había ocupado de enterarse quién era ese hombre que la había alterado. Ella respiró hondo. Anhelaba que la tocara. Se estremeció. Él lo vio y frunció el ceño.

–Estás helada.

–Vaya, y yo que estaba acostumbrándome a la idea de ser ardiente...

–Explicaré a los invitados que te encuentras mal. Rafiq te acompañará a tu cuarto.

El hombre descomunal apareció como si estuviese planeado. Ella estaba acostumbrándose y no se sobresaltó, pero agradeció el mantón que él le puso sobre los hombros.

Capítulo 8

HANNAH convenció a Rafiq para que la dejara en el vestíbulo y subió sola. En esa zona de la casa no había invitados y estaba silenciosa. Pasó de largo la puerta de la suite de invitados porque necesitaba sentir el consuelo de las cosas conocidas. Subió el tramo de escaleras que estaba escondido detrás de una puerta. Las buhardillas fueron los aposentos del servicio hacía muchos años. Luego se convirtieron en el cuarto de juegos y más recientemente en una zona independiente con una cocina diminuta. Abrió la puerta de su antiguo dormitorio y entró. Estaba recién pintada, pero tenía el mismo color que eligió ella cuando tenía doce años. La cama estaba llena de muñecos de peluche y la casa de muñecas que le regalaron cuando cumplió diez años seguía en la mesa junto a la ventana. Era como si retrocediera en el tiempo. Agarró un muñeco de peluche, abrió la puerta de la casa de muñecas y se quedó mirándola con el ceño fruncido. Esperó y no supo qué estaba esperando hasta que no pasó nada. No sintió una calidez por dentro ni disminuyó la tensión, no se sintió a salvo o segura.

Se dio cuenta de que, en el pasado, esa habitación había representado un refugio, de que cerraba la puerta y dejaba el mundo fuera. Sin embargo, aunque las cosas que le habían dado una sensación de seguridad seguían siendo las mismas, ella había cambiado. Cerró la puerta de la casa de muñecas. Había llegado el momento de mirar hacia delante, no hacia atrás.

Una vez en la suite de invitados, se duchó y se puso una bata a juego con el camisón de seda. Salió del cuarto de baño, cruzó la puerta que unía las habitaciones y la cerró con llave. Eso no serviría de nada, como abrazar a un oso de peluche. ¿Serviría de algo hablar? No lo sabía, pero estaba dispuesta a intentarlo. Siempre que él no interpretara que la puerta abierta era una invitación a que hiciera algo más que hablar.

Se apretó el cinturón de la bata y fue hasta la cama intentando pasar por alto la llama de deseo que le había brotado en las entrañas al acordarse de lo que había dicho él. «No hace falta que aprecies o respetes a alguien para querer arrancarle la ropa».

—¡Dios mío!

Ella no supo si lo había exclamado en voz alta o para sus adentros, pero cuando abrió los ojos no tuvo ninguna duda, él no era un producto de su subconsciente. Kamel, en carne y hueso, estaba apoyado en el marco de la puerta y se quitaba la corbata.

—Me alegro de que se haya acabado.

Pareció casi humano. Era humano. Ella se fijó en las arrugas de cansancio, un cansancio que se resaltaba por la barba incipiente. ¡Se cansaba! Era una pequeña grieta en su coraza, aunque a ella todavía le gustaría verlo sufriendo las mismas dudas y temores que el resto de los mortales. Además, ese cansancio no le restaba ni un ápice de atractivo. No, de belleza, se corrigió a sí misma mientras miraba ese rostro que le parecía infinitamente fascinante. Apretó los labios y dejó esa idea a un lado. Sabía que sería un disparate bajar la guardia cuando estaba cerca.

Él dejó que la corbata le colgara de un dedo, arqueó una ceja y la miró sarcasmo.

—Nada de puertas cerradas...

—Fue algo infantil.

Le sorprendió que ella lo reconociera, pero lo disimuló. Aunque era más difícil disimular su reacción al verla. El pelo húmedo le colgaba por la espalda y la cara sin maquillar parecía increíblemente joven, increíblemente vulnerable e increíblemente hermosa. Lo miraba con cautela, pero no con la hostilidad que había llegado a esperar.

—Creía que ya estarías dormida.

El maquillaje ya no ocultaba unas ligeras ojeras que indicaban que todavía necesitaba dormir. Se recordó que la pesadilla de ella había sido cuarenta y ocho horas más largas que la suya. Sintió un arrebato de admiración, su esposa sería muchas cosas, pero no era débil.

Ella se frotó sin querer un pie con otro al ver que la miraba fijamente y se pasó el pelo por detrás de las orejas.

—Me sentía mal por haberte obligado a que me excusaras. ¿Fue incómodo?

—¿Incómodo? ¿Quieres decir que si alguien te vio marcharte con...?

—Mi ausencia. ¿Qué dijiste?

—No entré en detalles. Le dije a mi tío que te habías retirado pronto.

A Charles Latimer le había dicho que, si quería que su hija pasara más tiempo bajo su techo, tendría que garantizarle que Rob Preston no estaba allí.

—¿Te creyeron?

Él entró en la habitación y dejó la corbata en una butaca.

–¿Por qué iba a importarnos?

Ese plural no indicaba ninguna unión y el leve placer que le proporcionó a ella fue desproporcionado.

–¿Cuánto tiempo estuviste mirando?

Había repasado muchas veces la escena y había comprendido que Kamel podría haber oído parte de la conversación con Rob, si no toda.

–Lo bastante.

Ella apretó los dientes por su respuesta intencionadamente ambigua.

–Entonces, ¿te engañó? Son cosas que pasan –él lo dijo sin lástima y ella suspiró de alivio–. Dejarlo el mismo día de la boda fue una buena venganza.

Él entendía la venganza, pero como era impaciente, no podía servirla fría.

–No lo planeé –pareció asombrada por la idea–. Lo descubrí ese día.

–¿El mismo día...? –preguntó él sin poder creérselo.

Ella asintió con la cabeza y con ciertas náuseas al acordarse. Fue una hora antes de que llegaran los fotógrafos, las peluqueras y los maquilladores. Llamó a la puerta de Sal con la excusa de que le diera algo azul, como le había prometido, aunque, en realidad, quería que alguien la tranquilizara y le dijera que era normal que estuviera nerviosa.

–Me lo encontré con Sal, mi dama de honor. Estaban... Luego, descubrí que había estado con casi todas mis amigas.

No lo miró para ver su reacción. Se dijo que le daba igual si parecía penosa o quejosa, pero no era verdad. Sencillamente, no le quedaban fuerzas para mantener la fantasía. Los golpes de los últimos días y el cansancio habían acabado con sus mecanismos de autodefensa. El orgullo que le había quedado lo había utilizado al encontrarse con Rob.

–Entonces, se acostó con todas menos contigo.

–También has oído eso.

Él asintió con la cabeza. Lo había oído, pero no lo había entendido. No era una estrategia nueva y ella era el tipo de mujer que podía obsesionar a un hombre influenciable. Sin embargo, le costaba entender que un hombre dispuesto a casarse con una mujer para acostarse con ella se acostara con todas las que podía. Sobre todo, cuando esa mujer haría que las demás parecieran una mala imitación.

–Entonces, la única manera que tenía él de conseguirte era casándose contigo.

Hacía veinticuatro horas, descubrirlo no le habría dejado una sensación de decepción. Hacía veinticuatro horas, no había esperado que pudiera sentirse decepcionado, solo había esperado lo peor de ella.

Ella abrió los ojos espantada por su interpretación tan escéptica.

–No, yo lo quería. Lo habría querido –se corrigió ella con sinceridad–, pero él...

La verdad era que ella no era especialmente sexual, algo que se contradecía con que no pudiera mirar a Kamel, ni oír su voz siquiera, sin que se derritiera por dentro.

Él la observó mientras buscaba las palabras. Parecía completamente distinta a la mujer con fama de tener un cubo de hielo en vez de corazón y notó una opresión en el pecho.

–Al parecer, él quería venerarme, no...

–Acostarse contigo –Kamel terminó la frase pensando que ese hombre era más necio de lo que había creído.

—Creo que ni siquiera me consideraba una mujer, sino una obra más en su colección de arte. Le gustan las cosas bellas... No quiero decir que yo...

—No estropees la sinceridad poniéndote modesta. Los dos sabemos que eres bella. Entonces, ¿por qué cree todo el mundo que él es la parte agraviada?

—Preferí que me consideraran una perra que una idiota.

La explicación no era la que había dado antes y se quedó atónita al oírsela a sí misma. Era algo que no había reconocido nunca a nadie.

—¿Y, aun así, tu padre lo invitó hoy?

Si un hombre hubiese tratado así a su hija... Kamel sacó la silla del tocador, le dio la vuelta y se sentó a horcajadas.

—Bueno, fue más fácil que él creyera que yo me lo había pensado mejor. Habían sido amigos durante mucho tiempo y papá lo pasó fatal teniendo que explicar a todo el mundo que la boda se había cancelado. Mucha gente había acudido y fue espantoso para él...

—Claro, como tú estabas pasándolo tan bien...

Ella sintió que se le despertaba el instinto de protección por la crítica velada a su padre.

—Tenías razón. Fue mi culpa. Esto es mi culpa y solo mía.

Él sacudió la cabeza perplejo por la vehemencia de ella.

—¡Tú no le pediste a ese tipo que te engañara!

—No me refiero a Rob. Que me detuvieran, mezclarte en esto, asustar a papá hasta casi matarlo. Si tiene otro infarto, caerá sobre mi conciencia.

Kamel no sabía que ya había tenido uno. Ese hombre no había cambiado su forma de vida.

–Creo que un médico discreparía. Tu padre no se priva de grasas saturadas.

–Intentas que me sienta mejor.

–Y, evidentemente, no lo consigo –replicó él mirándola a la cara.

–¿Por qué estás siendo tan bueno? Fue mi culpa que tuviéramos que casarnos. Debería haber esperado a que llegara ayuda. Debería haberme quedado en el Jeep. No debería haber estado allí –ella dejó escapar un sollozo de reproche a sí misma–. Todo lo que tú dijiste.

–Las vacunas y la ayuda que necesitaban llegaron al pueblo.

Ella, perdida en un pantano autoinculpatorio, pareció no oírlo.

–Si ni siquiera podía ayudarme a mí misma, mucho menos a los demás. Estaba allí solo para demostrar algo. Me he pasado la vida en el camino seguro. Siempre he respetado las reglas. Incluso, quise un hombre seguro. Ni siquiera tuve las agallas de hacer lo que quería –sacudió lentamente la cabeza y sorbió las lágrimas–. Fui a la universidad y estudié algo que no me interesaba para complacer a papá. Me prometí a un hombre que parecía sólido y seguro, pero ¿aprendí algo cuando resultó ser un malnacido? No. Me prometí a otro hombre que sabía que nunca me haría daño porque siempre elijo lo más seguro.

–Vaya, quería que fueses responsable de tus actos, no de la crisis financiera ni del hambre en el mundo.

Hannah, atónita, levantó la cabeza, lo miró a los ojos y se rio ligeramente.

–Solo quiero...

Las lágrimas le impidieron seguir. Estaba perdiendo el dominio de sí misma demasiado deprisa.

Él soltó un improperio en voz baja, se arrodilló al lado de la cama y le apartó el pelo de la cara.

–¿Qué quieres?

Ella lo miró con esos ojos grandes y azules que brillaban por las lágrimas.

–Solo quiero ser... No sentirme así –se mordió el labio inferior y volvió a bajar la mirada–. Perdona, no sé por qué estoy diciéndote todo esto.

Él, llevado por la opresión en el pecho, se levantó y la tumbó con delicadeza. Pasó las manos por debajo de sus rodillas, le metió las piernas en la cama y le puso una almohada debajo de la cabeza antes de acompañarla.

–Duérmete –dijo mientras se tumbaba a su lado.

–No puedo dormir. Sueño con que vuelvo a esa celda y él... –ella quiso levantarse, pero él se lo impidió con una mano un hombro–. No puedo dormir.

Él le puso un dedo en los labios.

–Muévete.

Le pasó un brazo por debajo de la espalda y le apoyó la cabeza en el hombro.

–¿Por qué estás siendo tan bueno conmigo? –susurró ella justo antes de quedarse dormida.

Kamel, que prefería su cama, se dio cuenta de que era la primera vez que dormía con una mujer, y nada más. Aunque él no dormía y no creía que fuese a dormir. La excitación y la frustración no eran los mejores inductores del sueño, sobre todo, cuando no existía ninguna posibilidad de que fuera a liberar la frustración. Sin embargo, había algo positivo. Dormida, parecía un ángel voluptuoso. Seguramente, habría muchos hombres dispuestos a no dormir una noche por mirar ese rostro. Aunque él notaba un anhelo tan fuerte que le dolía. No desaparecía por no hacerle caso y no podía dejar de mirarla porque sus ojos, como la aguja de una brújula que señalaba al Norte, siempre se dirigían al mismo sitio. Al final, dejó de planteárselo y se resignó.

Hannah consiguió salir del sueño e intentó deshacerse de la sensación de miedo que le quedaba.

—Despierta. No pasa nada.

Medio dormida, abrió los ojos, vio su cara y suspiró.

—Me encanta tu boca —comentó ella antes de besársela.

—Hannah...

Él se apartó y ella parpadeó mientras se despejaba lentamente.

—Perdona, creía que eras un sueño.

Lo había besado y él no la había besado, no había hecho nada. Una vez dolía, pero dos era humillante.

—Creía que eras una perra —eso habría justificado mínimamente ese matrimonio—, pero estaba equivocado.

—No soy una perra —fantástico, era un consuelo. Hasta que se sintió furiosa y se sentó—. ¿Qué me pasa? Quiero decir, tiene que pasarme algo, ¿no? He estado prometida dos veces y nada de sexo —ella sabía que no debería estar diciendo eso, pero no podía evitarlo—. Ahora, estoy casada y ¡ni siquiera quieres besarme!

Volvió a tumbarse y le dio la espalda con un sollozo. Él vio sus hombros temblorosos y perdió el poco dominio de sí mismo que se había impuesto.

—No llores —le pidió él.

—No estoy llorando —replicó ella entre sollozos—. Acabo de darme cuenta de una cosa. No sé por qué me preocupaba tanto casarme contigo.

—Me siento halagado.

Hannah se dio la vuelta otra vez y lo miró sin haber captado su comentario irónico.

–Ni siquiera puedo tener relaciones sexuales, ¿qué sentido habría tenido esperar a alguien que pueda darme... algo más?

Él nunca había tenido el deseo imperioso de estar con una mujer que lo considerara su alma gemela, pero, por otro lado, que le dijeran que no estaba mal como premio de consolación para alguien con pocas expectativas era un golpe bajo incluso para un hombre con su vanidad. Aunque, al menos, ya no sentía presión, ella no esperaba gran cosa de él.

–Entonces, ¿estás dispuesta a conformarte conmigo?

Ella frunció levemente el ceño mientras intentaba interpretar la expresión de él.

–Creo que no me quedan muchas alternativas, ¿no?

–Entonces, ¿estás dispuesta a... ganarte a la gente, como tú dijiste?

–Creía que te alegraría saber que no tienes que fingir, que no espero...

–¿Gran cosa?

Ella resopló con desesperación.

–Bueno, ya está resuelto el misterio de tu virginidad. Les hablaste hasta que se quedaron dormidos.

Ella volvió a resoplar, con rabia esa vez, y agarró una de las almohadas.

–Ni lo sueñes, ángel.

Él le arrebató la almohada antes de que lo golpeara con ella, la tumbó con las muñecas a los costados de la cabeza y se elevó por encima de ella.

Ella solo podía oír sus jadeos por encima de los latidos desbocados del corazón y no podía respirar. Sus labios casi se rozaban, podía notar la calidez de su aliento y el brillo intenso de su mirada la abrasaba por dentro.

–¿Qué... –él le pasó la punta de la lengua por los labios– estás... –la besó en una comisura de la boca– dispuesta... –la besó plenamente en los labios temblorosos antes de bajar por el cuello– a hacer para ganarte a la gente?

–Yo... no... para por Dios... ¡no pares, por favor! –gimió ella aterrada de que pudiera parar.

El corazón se le paró cuando la besó con avidez. El alivio que sintió al abrir la boca para entregarse sin reparos se esfumó por la reacción de su cuerpo a la embestida de su lengua. Sintió que se le encogían las entrañas y una humedad cálida entre las piernas.

Mientras la besaba casi con desesperación, le acarició el pelo, el rostro, los muslos por debajo del camisón y, por fin, un pecho endurecido y vibrante. Encontró el ojal superior, pero, impaciente, tiró con fuerza hasta arrancar el botón para abrirle el camisón y devorarle los pechos con su mirada voraz. Se arqueó cuando le tomó un pezón con la boca y luego el otro, gimió sin poder respirar y todo su cuerpo se sintió arrasado por una oleada abrasadora. La besó en el abdomen mientras iba bajando un dedo entre los pechos hasta llegar al vientre.

La desnudez no la cohibía, la liberaba. Lo abrazó y lo estrechó contra sus pechos para sentir el contacto de su piel. Le acarició la espalda y percibió toda su fuerza y dureza fibrosa. La oleada abrasadora de su vientre subió de temperatura cuando él empezó a soltarse el cinturón. Un instante después oyó que se bajaba la cremallera.

Dominada por un arrebato de pudor virginal, un poco tardío, cerró los ojos y no volvió a abrirlos hasta que él le tomó las manos para que le agarrara la erección cálida, sedosa y dura como una piedra. No pudo evitar contener el aliento boquiabierta. Tenía que hacer un esfuerzo para fingir que sabía lo que estaba haciendo.

Él dejó escapar un gemido cuando ella, como si

fuera una experta, empezó a apretar y a soltar el miembro palpitante. Kamel cerró los ojos con la respiración entrecortada, hasta que, repentinamente, le agarró la mano y volvió a llevarla a la almohada. Ella contuvo la respiración entre jadeos cuando él le acarició la humedad entre los muslos.

—¿Te gusta? —le preguntó él con la voz ronca sin dejar de atormentarla.

Ella asintió vehementemente con la cabeza mientras se arqueaba contra su mano.

—Sí... mucho...

Él se incorporó sin dejar de mirarla a los ojos, le tomó una mano y se la llevó al pecho. Con los ojos clavados en los de ella, se quitó la camisa y la arrojó fuera de la cama.

—Eres hermoso —susurró ella sin poder dejar de mirar codiciosamente su musculoso pecho.

Kamel tragó saliva. La deseaba con todas sus fuerza, nunca había deseado nada de esa manera.

—He deseado estar dentro de ti desde que te vi.

La rozó con el miembro para que notara su anhelo incontenible.

—Yo también lo he deseado.

Ella, deleitándose con esa sensualidad, separó los muslos. Él dejó escapar un gruñido y se colocó entre sus piernas. Hannah había creído que estaría tensa cuando llegara ese momento irreversible, pero se relajó. Era fácil, no era tan doloroso como se había imaginado. Entonces, su cuerpo se ciñó alrededor de él, notó que la sangre le bullía, cerró los ojos y se concentró en todo lo que estaba pasando dentro de ella, en Kamel que la llenaba maravillosamente, que se movía y la arrastraba a algún sitio...

Entonces, cuando todo fue tan intenso que no pudo

soportarlo, descubrió a dónde la arrastraba y se dejó llevar. Oyó que Kamel gritaba, notó que se liberaba desbordantemente y lo rodeó con las piernas por miedo perderse. No se perdió y acabó donde había empezado, debajo de Kamel.

Un rato después, recuperó la capacidad de hablar, pero no pudo construir una frase.

—¡Vaya! —exclamó ella mirando al techo.

Kamel, jadeante a su lado, estaba haciendo lo mismo.

—Para ser la primera vez que lo intentas, tengo que decir que tienes madera.

Esa vez, no pudo evitar que lo atizara con la almohada, pero la lucha acabó en el suelo y con ellos entrelazados otra vez.

Capítulo 9

CUANDO se despertó, había luz y estaba sola. Notó que la cama seguía caliente y dejó escapar un suspiro. No había esperado que él estuviera allí, pero habría sido... No, la palabra «agradable» no entraba en su relación. Aunque el día anterior habría dicho lo mismo del sexo. Era un disparate, en el buen sentido, que la parte de su matrimonio que había temido y que le había parecido la más complicada, hubiese resultado ser la más fácil y placentera. Había sido fácil, natural y absolutamente increíble.

Se sentó de repente con los ojos muy abiertos. Estaba dando por supuesto que volvería a suceder pronto y a menudo. Sin embargo, ¿qué pasaría si no sucedía habitualmente? Cuando no sabía lo que estaba perdiéndose, la abstinencia no le había costado nada, pero cuando lo sabía... Suspiró con angustia. Sería atroz. En una noche, Kamel se había convertido en su droga, era una adicta.

Se duchó y se vistió en tiempo récord. Iba a ir a ver a Sarah cuando se chocó literalmente con él. Llevaba unos pantalones cortos y una camiseta y estaba tan impresionante que se quedó muda.

–He ido a correr.

Ella asintió con la cabeza y comprendió lo que era quedarse paralizada por la lujuria. ¿Habría entrado si ella se hubiese quedado en la cama? Se lo imaginó quitándose la camiseta y...

–¿Y tú adónde ibas?

Hannah se sobresaltó y se sonrojó al volver a la realidad.

–Voy a ver a Sarah y a Olive y a los cachorros.

–¿Sarah...?

–La cocinera, pero es más que eso. Estaré preparada a la hora del vuelo.

–Estoy seguro. Hasta luego.

En realidad, volvió mucho antes. Se había duchado y estaba empezando a ojear los correos electrónicos cuando oyó un portazo en el dormitorio de ella. Un portazo no indicaba un problema necesariamente. No le dio más vueltas y se concentró en el trabajo. Su capacidad para abstraerse era tan legendaria como su poca paciencia con las personas que llevaban la vida personal al lugar de trabajo. Cinco minutos después, cerró el portátil porque decidió que, en aras de la eficiencia, sería mejor que comprobara que ella estaba bien. No tuvo que preguntarlo, era evidente que no estaba bien.

–¿Qué pasa?

–Nada –contestó ella dejando de ir de un lado a otro.

Él arqueó una ceja.

–No puedo decírtelo –replicó ella llevándose un puño a la boca.

Él se acercó y le quitó el puño de la boca.

–¿Qué es lo que no puedes decirme?

–Me he encontrado a Sarah con papá. Estaban... –ella miró la cama– ya sabes.

–¿Te has encontrado a tu padre acostándose con la cocinera? –preguntó él parpadeando.

–¡No lo digas en voz alta! –exclamó ella tapándose las orejas.

Kamel tuvo que hacer un esfuerzo para no sonreír.

–Los niños se llevan una sorpresa cuando se enteran de que sus padres tienen relaciones...

–Sé que mi padre tiene relaciones sexuales, ¡pero no quiero verlo!

Esa vez, él no pudo contener la sonrisa.

–Va a ser incómodo para él.

–No me han visto. Habría sido espantoso. La puerta estaba entreabierta... –ella cerró los ojos y sacudió la cabeza–. Retrocedí y salí corriendo.

–¡Ya me lo imagino!

–No tiene gracia.

Kamel se rio sin poder evitarlo y ella también se rio entrecortadamente.

–Quiero borrar esa imagen de mi cabeza –siguió ella riéndose abiertamente.

Cinco minutos después, Kamel estaba tumbado en la cama, con un brazo debajo de la cabeza, y le contaba que, cuando había entrado, había creído que había ocurrido algún desastre.

–Tenías una cara... –él se sentó y suspiró–. Debería volver, tengo un montón de...

–Siento haberte interrumpido.

–No lo sientes –replicó él con una sonrisa mientras volvía a tumbarse y daba unas palmadas en la cama.

Ella cruzó la habitación, vaciló un segundo, y se sentó a horcajadas encima de él.

–Me gusta tu idea –susurró él con un brillo abrasador en los ojos mientras la miraba quitarse la camiseta–. Hay otras cosas que me gustan más todavía.

–¿Estás incómoda?

Ella bajó el libro. El interés por la novela era fingido, pero no podía disimular su turbación.

–¿Con el vuelo...?

Una sombra de irritación cruzó el rostro de él.

–Con tu padre y la cocinera. Personas de orígenes distintos pueden atraerse.

–No me digas –ella se rio–. ¿Crees que tengo algún reparo?

–¿Estás diciéndome que no lo tienes? –preguntó él con las cejas arqueadas.

–Aparte de lo incómodo que pueda ser descubrir que tu padre tiene vida sexual, no lo tengo. Aprecio a Sarah.

–¿Y que sea la cocinera?

–Ya sé que crees que soy una esnob. Seguramente, ella es lo mejor que ha podido pasarle a mi padre. Solo me gustaría que no hubiesen tenido que ocultarlo. Me gustaría...

No siguió porque miró a Kamel y le pareció que tenía una expresión de aburrimiento. Sería un error monumental creer que su interés iba más allá del dormitorio porque parecía infinitamente fascinado por su cuerpo. Sabía que cualquier mujer solo sería una sustituta de Amira, la mujer que había perdido. A él tenía que haberle parecido que no podía haber nada peor que ver a la mujer que amaba feliz con otro hombre, hasta que había descubierto que había algo mucho peor.

–¿Te gustaría?

Le gustaría poder mirarlo y no sentir anhelo.

–Olvídalo.

Era sexo, sexo increíble y maravilloso, pero tenía que dejar de pensar en eso.

–No quiero aburrirte –añadió ella.

Él se soltó el cinturón de seguridad y estiró las piernas.

–No te preocupes, si me aburres, te lo diré.

–Creo que Sarah se merece algo más que ser un secreto –confesó ella.

–A lo mejor, se conforma solo con el sexo.

Ella miró hacia otro lado. ¿Era un mensaje o una advertencia dirigida a ella?

–Es posible –concedió Hannah sin convencimiento y mirándolo otra vez–. Esperabas que estuviera desolada por haberme encontrado a mi padre con la cocinera, ¿verdad? Que yo sepa, Sarah ha sido la amante de mi padre desde hace cinco años, y es posible que desde hace más. La verdad es que no entiendo bien que Sarah se conforme con ser una especie de... –Hannah no siguió al preguntarse si no estaría haciendo lo mismo–. Las dos nos preocupamos por ella.

–¿Las dos?

–Eve, la hija de Sarah, y yo. Es un año menor que yo –Hannah vio el aeródromo y pegó la cara a la ventanilla para verlo mejor–. ¿Está lejos de la villa?

–En helicóptero, no.

–¿Helicóptero?

–Sí. Es mejor que estar atrapado en un atasco de tráfico.

Eso era cuestión de opiniones, pensó ella.

Hannah cerró los ojos cuando el helicóptero estaba aterrizando, pero, aun así, vio que caían directamente al mar. El helicóptero aterrizó con suavidad, pero ella seguía con los ojos muy cerrados, los nudillos de los puños blancos y moviendo los labios como si estuviese rezando. Él, al verla en silencio pero aterrada, se había sentido como un monstruo desalmado. Quería sentirse enfadado, pero parecía muy frágil, como una niña asustada. Sin embargo, no era una niña, era una mujer, su mujer. Eso debería haberlo enfurecido, al fin y al cabo, estaba pagando las consecuencias de la estupidez de ella, pero, en cambio, sintió un arrebato posesivo.

—Ya puedes respirar.

Ella abrió los ojos y se encontró con la mirada negra e intensa de Kamel. La sensación de estar cayendo en un abismo no desapareció, si acaso, aumentó mientras se soltaba el cinturón.

—¿Qué hora es? —se oyó preguntar a sí misma.

—¿Tienes que estar en algún sitio, *ma belle*?

Miró sus labios carnosos y sintió que el fuego de la pasión se reavivaba. Era la mujer más entregada en la cama que había conocido. No podía dejar de pensar en que la virgen fría y distante había resultado ser una mujer que no se guardaba nada dentro. Mientras se preguntaba cuánto tiempo podría aguantar hasta que se acostara con ella otra vez, pensó en todos los acontecimientos que habían hecho que ella ocultara su temperamento apasionado detrás de una máscara de frialdad. Sin embargo, nunca había sentido la necesidad de mirar dentro de una mujer hermosa y no pensaba hacerlo en ese momento.

—Relájate.

A Hannah, le pareció un consejo paradójico en un hombre que nunca desconectaba completamente, que nunca se olvidaba completamente del deber. Para él, el deber siempre era lo primero. Si no, no estarían casados. Miró por la ventanilla mientras él hablaba con el piloto. El helipuerto no estaba en el borde del acantilado, como le había parecido, sino a unos cientos de metros y oculto de la villa por una avenida de árboles. Podía ver el tejado de terracota entre las ramas, pero el resto de la villa estaba tapado por la exuberante vegetación.

También podía oír a los hombres entre el zumbido de la hélice. Entonces, cuando intentaba entender lo que decían, sucedió. Antes, solo le había pasado cuando estaba en sitios pequeños, en un ascensor o en la despensa de la cocina, pero, en ese momento, no había puertas, todo era cristal. Aun así, las ganas de escapar y respirar eran igual de fuertes. Le temblaban las piernas, pero estaba tan ansiosa por pisar tierra firme que no esperó a Kamel, quien estaba conversando con el piloto. Tenía que salir de allí.

Observó a los dos hombres que subían el equipaje a un carrito de golf, a uno de los cuales había estado a punto de tirar al suelo cuando salió precipitadamente del helicóptero. Los dos hombres inclinaron la cabeza a Kamel y desaparecieron por un arco recortado en el follaje. Ella pudo notar la censura de Kamel, ya la había notado antes, pero había subido varios grados.

–Deberías haberme dicho que tienes un problema con los helicópteros –sonrió al ver que ella lo miraba con los ojos muy abiertos–. Ya, era evidente –le tomó una mano y miró las marcas de las uñas en la palma–. Si llegas a estar más tensa, te partes en dos. ¿Por qué no has dicho nada?

–¿Por qué no lo has preguntado? –replicó ella deseando que le soltara la mano y, a la vez, deseando que siguiera tocándosela.

Estaba pasándole el pulgar por la palma de la mano y cada caricia, aunque leve e impersonal, le producía una oleada desproporcionada de placer. Aunque, claro, también era desproporcionada su reacción a Kamel, lo pronto y completamente que había perdido el dominio de sí misma, algo que la aterraba.

–Tienes cierta razón –reconoció él–. ¿Quieres que los llame? –señaló hacia el arco por donde habían desaparecido los carritos–. Creía que querrías estirar las piernas, pero si prefieres...

–No, me vendrá bien dar un paseo.

Aunque le vendría mejor una noche de sexo desenfrenado. Vio el brillo en los ojos de él y se preguntó si no estaría pensando lo mismo debajo de tanta cortesía. Sin embargo, ¿quién sabía lo que podía estar pensando un hombre como Kamel? No podía empezar a racionalizar su reacción a él. ¿Cómo podía estar allí tan tranquila mientras pensaba en arrancarle la ropa? Asombrada y excitada por lo que estaba pensando, bajó la mirada.

–No tienes que comportarte como si fuese una luna de miel de verdad. Ya sé que solo quieres causar buena impresión –murmuró ella.

Para él era un deber. En cuanto a ella... No sabía cómo llamar a lo que estaba sintiendo, pero su intensidad la asustaba. Nunca se le había pasado por la cabeza que quisiera tanto que un hombre la acariciara.

–Me gusta acariciarte.

Por un instante, ella creyó que había dicho en voz alta lo que anhelaba.

–¡Ah!

–El sexo no fue para causar una buena impresión.

Sintió un deseo tan grande que le pareció que estaba ahogándose y le agarró una mano. Tragó saliva sin poder mirarlo a los ojos y con el corazón acelerado. Se sintió inesperadamente tímida. El sentimiento la dejó muda y se sonrojó.

–Debemos tener un hijo, ¿por qué no disfrutarlo?

El rubor desapareció. Cuando hubiese cumplido con su deber, ¿buscaría el placer en otro sitio? Su vida se limitaba al deber, seguramente, estaría deseando librarse de él.

–No estamos lejos de la villa –comentó él cuando llegaron a lo alto de la cuesta.

–Es preciosa, Kamel –dijo ella boquiabierta.

–Sí, ¿crees que serás capaz de quedarte unos días?

¿Cuántos? ¿Qué pasaría después? Dejó de pensar en eso y decidió disfrutar del momento.

–Creo que podré soportarlo.

Hannah miró la villa rosa que parecía colgada del acantilado.

–Incluso, sé dónde está la cocina.

–Hoy me apetece más la piscina –replicó ella riéndose.

–Me parece una buena idea –sonó su móvil, lo sacó y miró la pantalla–. Perdona, pero me parece que voy a tener que posponerlo por el momento –no podía colgar a su tío, el rey–. Tengo que contestar. Vete a dar una vuelta.

Ella asintió con la cabeza y bajó la mirada para disimular la irracional punzada de dolor. Era un disparate que le importara no ser su prioridad.

Capítulo 10

CUANDO abrió los armarios que había en una pared del vestidor y comprobó que estaban llenos, Hannah pensó que era un ejemplo de la famosa previsión de Kamel. Frunció levemente el ceño cuando levantó una prenda de ropa interior. ¡No era ni su talla ni su estilo! Repasó la hilera de carísimos vestidos, el ceño fue frunciéndose más y resultó evidente que ni siquiera Kamel pensaba en todo. Su furia alcanzó un máximo desconocido cuando captó el leve pero inconfundible olor de la ropa. A él le había parecido bien que su esposa compartiera el armario con su amante. ¡Quizá tuviera que economizar!

Sintió náuseas, pero, llevada por un masoquismo que no pudo evitar, alargó una mano temblorosa hasta el montón de ropa interior cuidadosamente doblada en una balda. Eran prendas que no podían llamarse prácticas ni de buen gusto. Tiró todo al suelo y, con un grito vengativo, agarró la cosa más vulgar y brillante que vio. Era un vestido con cuentas doradas, una etiqueta de un diseñador y un escote tan bajo por la espalda que era imposible ponérselo con ropa interior. ¿Se enfadó tanto cuando descubrió todas infidelidades de Rob? Era incapaz de evaluar su reacción. Estaba al rojo vivo. No solo no quería un tanga de segunda mano, ¡no quería un hombre de segunda mano!

Había sido una necia por haber empezado a bajar la

guardia y a confiar en él. La experiencia le había enseñado que no podía confiar en un hombre. Con los ojos como ascuas, recorrió el pasillo que la llevaba a la sala donde había dejado a Kamel. Estaba vacía, pero el sonido de sus tacones hizo que la llamaran desde fuera.

—¡Ven a darte un baño!

Entrecerró los ojos con firmeza, salió al jardín justo cuando él salía de una piscina infinita. Tomó una toalla que había dejado en el borde de la piscina y se quedó con ella en la mano. El agua le caía por el cuerpo moreno y la piel parecía de cobre pulido. Contuvo la respiración. Ni toda la furia del mundo impidió la reacción visceral al ver los casi dos metros de un Kamel mojado. No pudo contener un estremecimiento ante la fuerza de sus amplias espaldas, su pecho musculoso y sus poderosos muslos. Tragó saliva. Sabía que estaba mirándolo fijamente, pero no podía evitarlo. Kamel era un hombre en esencia, representaba el físico ideal mezclado con una sexualidad latente e incontenible, el amante perfecto. Mientras lo miraba, notaba que la furia se esfumaba y que una oleada ardiente se adueñaba de ella. Tomó aliento y abrió los ojos con fastidio al darse cuenta de lo que estaba pasando.

Él se puso la toalla alrededor del cuello y ella miró hacia otro lado cuando vio que se le contraían los músculos del pecho mientras se pasaba una mano por el pelo. No se convertiría en una de esas mujeres que aguantaban todo de un hombre solo porque era... bueno en la cama. Y Kamel lo era. ¡No había superlativos suficientes para describir lo bueno que era! Contuvo un aliento y pensó que no le faltaba práctica, que por algo lo llamarían el príncipe rompecorazones.

Él esbozó media sonrisa con indolencia, pero el brillo de sus ojos no tenía nada de indolente.

–Creo que vas demasiado vestida, ángel.

No podía decirse lo mismo de él. El bañador negro se le había bajado un poco en las caderas y no dejaba casi nada a la imaginación, y la de ella estaba desbocada.

–Hay trajes de baño en el vestuario –añadió él.

Ella cerró la boca con todas sus fuerzas. Con el vestido en una mano, le dirigió una mirada que habría fulminado a un hombre normal. Él, sin embargo, la miró con resignación y se pasó una mano por el pelo.

–Estoy segura de que los hay, pero no tengo ganas de ponerme la ropa de otra mujer, ¡ni de dormir con ella!

Él la miró pensativa y lentamente.

–Muy bien.

Él no dijo que lo entendía porque no lo entendía. Cuando ella se marchó hacía unos minutos y con un brillo sexual en los ojos azules... Bueno, si ella no se hubiese marchado cuando se marchó, él habría cortado la llamada de su tío con la excusa de que tenía que hacer el amor con su esposa. La intensidad de ese anhelo había sido lo que lo había llevado a la piscina. Los largos que había hecho a toda velocidad deberían haberlo dejado sin aliento ni deseo, pero el anhelo seguía intacto y ella lo miraba como si él hubiese promovido una campaña para matar gatitos huérfanos. Apretó los dientes, ladeó la cabeza y frunció el ceño para encontrar la palabra que resumía lo que había sido su vida antes de que Hannah apareciera. Centrada. En otro momento, quizá le hubiese divertido esa situación paradójica, pero en ese momento, cuando el deseo reprimido le atenazaba las entrañas, el sentido del humor brillaba por su ausencia. Se había casado y había maldecido a su sentido del deber y a Hannah en sí. En ese momento, la deseaba tanto que no podía hilar un pensamiento coherente. Estaba consumido por el deseo. Había intentado convencerse de que no era su tipo, pero no le duró ni cinco segundos. Hannah era el tipo de cualquier hombre y cuando se conocía a la mujer que había detrás de esa máscara gélida... Sacudió la cabeza, era incapaz de racionalizar la fascinación que le producía, la necesidad absoluta que sentía de poseerla y entregarse a ella.

Solo era sexo, se dijo a sí mismo al captar una tendencia atípica de analizarlo en exceso, ¿por qué iba a intentar interpretar otra cosa? Se había casado con una mujer a la que deseaba, pero siempre había un lado negativo, no había cielo sin infierno. Ella era capaz de romper los límites del placer sexual, pero también era capaz de desquiciarlo con sus cambios de humor.

Dejó de mirarla a la cara y miró la prenda que llevaba en la mano. El mal humor de ella era desproporcionado. Hizo un esfuerzo para mostrar un interés que no sentía. Le interesaba desvestirla, no hablar de ropa.

–¿Quieres enseñarme un vestido nuevo?

Ella arqueó las cejas hasta que casi se le salieron de la cara. ¡Él creía que quería su opinión sobre el vestido!

–Supongo que no habías visto esto antes.

La voz le tembló casi tanto como la mano cuando le enseñó ese vestido sin espalda y sin gusto.

–Sí lo he visto –reconoció él.

No le interesaba mucho la ropa de mujer, pero ese vestido era casi inolvidable, como lo era la noche que representaba. Él no había sido la víctima o el beneficiario de la provocación y resultó que Charlotte no le había pedido que la acompañara al resplandeciente estreno cinematográfico por disfrutar de su compañía. El vestido y él habían sido parte de la venganza a su exmarido. Aunque Charlotte se había alegrado de librarse de su matrimonio, le había dolido que su exmarido también hubiese pasado página, sobre todo, con una mujer que era una versión más joven de ella misma.

—Estás enfadada —la miró de arriba abajo y decidió que era absolutamente magnífica—. Lo sé porque tus ojos pasan de ser azules como el cielo de verano a ser como un mar tormentoso cuando te enfadas.

—Eso puede dar resultado hasta dos veces, pero te diré que eso de mirarme intensamente a los ojos tiene fecha de caducidad —mintió ella—. No intentes cambiar de tema.

—¿Cuál era el tema? —preguntó él si dejar de mirarla a los ojos.

—El gusto de tu novia con la ropa. No me importa en absoluto compartir el armario con tu harén, ¡pero te diré que esa ropa no es de mi talla!

—Lo sé —él le miró los pechos y la boca se le hizo agua—. A Charlotte la ayudaron en ese sentido. Creo que fue un regalo de compromiso de su exmarido.

—¿Estás insinuando que necesito ayuda en ese sentido? —preguntó ella con una voz engañosamente delicada.

—Eres perfecta en ese sentido —contestó él dejando escapar una risa sofocada.

Sin embargo, el humor dio paso a una avidez incontenible. Era perfecta. Su amante perfecta.

Ella se sonrojó por la avidez de su mirada y por sus palabras de halago. Aunque la calidez de sus mejillas no era nada comparable con la oleada abrasadora que se extendía desde su pelvis. Levantó la barbilla intentando mostrar un poco de desdén.

—Me dan igual tu idea de la perfección, las operaciones de tu novia y quién se las pagó —su altivez se disipó cuando no pudo disimular la intensidad de sus sentimientos–. Solo me importa que se me trate con un mínimo de respeto mientras compartimos... –estuvo a punto de decir «la cama» al ver el sudor de su cuerpo y tuvo que hacer una pausa– el techo.

–Siento que te haya molestado. Di instrucciones para que vaciaran el cuarto.

–¡Vaciaran! –exclamó ella con una mueca irónica de repugnancia–. ¡Creo que habrían tenido que fumigarla si nos referimos a la mujer que se habría puesto esto!

–¿No crees que estás exagerando cuando, al fin y al cabo, solo ha sido un error del ama de llaves? Hablaré con alguien y no volverá a suceder.

–¿Quieres decir que, la próxima vez que tu novia se deje la ropa, te ocuparás de que la retiren antes de que yo llegue? Vaya, soy una mujer increíblemente afortunada por haberme casado con un hombre tan considerado.

–No voy a volver a ver a Charlotte.

Aunque ella había dejado muy claro que el matrimonio no era un obstáculo para su relación.

–No quiero saber su nombre.

Tampoco quería saber lo buena que era en la cama, pensó ella con una punzada de celos que fue como un puñal clavado entre las costillas. Se puso pálida, se tapó las orejas con las manos y cerró los ojos. Sin embargo, no consiguió dejar de saber que otras mujeres con ropa vulgar se acostarían con él en el futuro, aunque no se llamaran Charlotte.

–¿Crees que estoy exagerando? Por curiosidad, ¿estás intentando ser ordinario, insensible y odioso?

¿Estaba intentando ella ser hiriente? Se rio al acordarse de su reacción cuando vio a Charlotte con el vestido que su esposa llevaba en la mano, pero vio la cara de Hannah.

–No me rio de ti.

–Claro, estás riéndote conmigo. Es un consuelo.

Él apretó los dientes para intentar dominar el enojo creciente. La frustración sexual ya había minado bastante el dominio de sí mismo como para tener que soportar sus vaivenes emocionales. Tomó aliento y decidió que sería racional aunque ella no lo fuese.

–No estaba pensando en ti. Estaba pensando en Charlotte.

Si alguna vez se había encontrado con una mujer enfadada e irracional, casi siempre se había alejado de la escena. Evitaba las mujeres dadas a montar escenas, pero nunca se sabía y había que tener una alternativa. Debería haberse marchado. Ella estaba pidiéndole que le diera explicaciones y ninguna mujer había hecho eso.

Mirarla a los ojos era como mirar a una tormenta. Aunque prefería las tormentas a pensar en el destello de dolor que había captado los ojos de ella. Era un disparate, pero sentía la necesidad apremiante de aliviarle ese dolor. No tenía sentido. Ella había decidido representar una tragedia griega cuando la mayoría de las mujeres habría preferido pasarlo por alto discretamente.

–Siento que no vaciaran la habitación. Me ocuparé de...

–¡Estás loco si crees que voy a dormir en esa habitación contigo!

–¿Sabes una cosa? –él apretó los dientes–. Empiezo a añorar a Hannah la reina de hielo –se metió los pulgares en la cinturilla del bañador y la miró con rabia–. Aparte, ¿cuál es el problema? Tuve una vida sexual antes de que nos casáramos. Tener relaciones sexuales no me convierte en un pervertido. La mayoría de las personas me consideraría más normal que a una mujer que es tan recta y controlada que se reserva para el matrimonio.

–Entonces, ¿resulta que no soy normal? Te aclararé una cosa. ¡Te aseguro que no estaba esperándote a ti!

–Aun así, no te cansas de mí en la cama.

–Es la novedad.

Él apretó más los dientes y miró con rabia el vestido dorado que tenía ella en la mano.

–Dame esa maldita cosa.

Ella lo miró a los ojos y sintió la reacción apasionada. El corazón se le aceleró y no hizo caso de la mano tendida de él.

–Estás siendo infantil. He conocido a otras mujeres y eso no puede sorprenderte.

Claro que no le sorprendía, pero, entonces, ¿por qué estaba actuando así?

–¡Me importan un rábano tus novias! Por mí, ¡como si tienes un harén!

–Me alegro de que lo hayas aclarado. Si no lo hubieses explicado, habría podido pensar que eran celos.

–No son celos –replicó ella intentando buscar una alternativa sin conseguirlo–. Solo quiero que me trates con respeto.

–¿Acaso estoy pidiéndote que te quedes a mi sombra? –esa mujer estaba siendo inconcebiblemente irracional–. Esto ya ha durado bastante, déjalo ya.

Él agarró el borde del vestido, pero ella apretó los dientes y tiró de él hasta que la tela empezó a rasgarse. Lo agarraba con tanta fuerza cuando él volvió a tirar, que ella fue detrás del vestido. Kamel, instintivamente, retrocedió un paso, hasta el borde de la piscina. Ella vio el brillo en sus ojos y sacudió la cabeza.

–¡Ni se te ocurra!

Él sonrió y ella dejó escapar un grito.

Él le rodeaba la cintura con un brazo cuando salieron a la superficie. Se quitó el agua de la cara, abrió los ojos y vio que él estaba riéndose. Abrió la boca y él la besó antes de soltarla y alejarse.

Hannah se llevó una mano a la boca. Solo podía pensar en el beso, dejó de mantenerse a flote y se hundió. Cuando volvió a salir, estaba furiosa, le costaba respirar y, asombrosamente, seguía agarrando el vestido.

—Estoy ahogándome.

—No es verdad.

Él se alejó tranquilamente de espaldas aunque sin perderla de vista. Era despiadado. Intentó nadar hacia él. Era una buena nadadora, pero la ropa empapada le impedía avanzar y después de unas brazadas se detuvo jadeando.

—Ponte de pie.

Bajó un pie con cautela y rozó el suelo con el dedo gordo. Avanzó un poco más y se atrevió a seguir su consejo. El agua le llegaba a los hombros, pero solo llegaba a la cintura de Kamel. Parecería una estatua si la piedra pudiera reflejar la vitalidad inagotable de él.

—¡Lo has hecho intencionadamente!

Ella intentó concentrarse en su furia y no en el cuerpo de él, aunque era algo muy complicado cuando tenía delante al hombre más sexy del mundo mojado y medio desnudo.

—¿Qué puedo decir? —él se encogió de hombros—. La tentación...

Kamel se quedó mudo cuando se fijó en que ella tenía la camisa empapada, en que se transparentaba y en que podía ver perfectamente el sujetador de encaje y los pezones endurecidos. Dio un paso hacia ella.

—¡No te acerques!

Ella, aunque la excitación le aceleraba el corazón y le debilitaba las piernas, golpeó el agua con una mano como si fuese una advertencia. Él esbozó una sonrisa depredadora. Ella alargó una mano para detenerlo, retrocedió un paso y se hundió. Consiguió ponerse de espaldas y se alejó de él hasta que llegó a una zona algo menos profunda y pudo ponerse de pie.

—¡Ha sido infantil! —exclamó ella mirándolo con furia—. Podría haberme ahogado. Te habría gustado, ¿verdad?

—¿Infantil yo? —preguntó él arqueando una ceja.

Ella parpadeó con expresión de asombro cuando se miraron a los ojos. Tenía razón. ¿Quién había atacado con toda la artillería? Se miró la ropa y sintió un bochorno helador en las entrañas. No era ella. Volvió a levantar la mirada, vio cómo estaba mirándola y las entrañas se le derritieron.

—Tienes razón. ¡He sido yo! —grito ella dándose cuenta de que el descubrimiento era liberador.

Kamel no tenía ni idea de lo que estaba hablando y tampoco se lo preguntó porque ella estaba agitando los brazos y salpicándolo. Él contestó. Hannah siguió y ni siquiera supo cuándo había empezado a llorar. Cegada por el agua, no se dio cuenta de que él estaba a un palmo de ella hasta que se cansó y paró. Todo pareció ralentizarse, hasta los latidos del corazón. Entonces, cerró los ojos, dejó de respirar y notó un dedo de él en la mejilla. Perdió el dominio de sí misma y abrió los ojos. La tensión sexual que vibraba en el ambiente tuvo una intensidad mayor que la del sol mediterráneo que caía sobre ellos.

—¿Estás llorando?

Ella negó con la cabeza y se preguntó cómo había podido adivinarlo.

—Ven... —gruñó él.

Ella no supo si había ido o él la había tomado entre los brazos, solo supo que se encontraba maravillosamente allí. Sus ojos negros y ardientes la mareaban, pero no podía dejar de mirarlos mientras él le apartaba mechones de pelo mojado de la cara.

Kamel entrecerró los ojos por el sol y vio que los ojos azules de ella ya no eran desafiantes, que tenían un brillo de deseo. También oyó que ella contenía la respiración mientras levantaba una mano temblorosa y tomaba la de él. La miró, sintió algo desconocido y agarró su mano con fuerza. Ella se estremeció y él frunció el ceño.

—Tienes frío.

Ella negó con la cabeza. Ardía por dentro solo de sentir la mano de él en su cara. Suspiró, él la estrechó contra su cuerpo y ella contuvo el aliento al sentir su erección contra el abdomen. Le rodeó la nuca con las manos.

—¿Puedo...?

Kamel dejó escapar un improperio e interrumpió a Rafiq.

—No, estamos bien. Eso es todo, gracias.

El hombre inclinó la cabeza y se esfumó.

—Tienes una boca preciosa —comentó ella en tono soñador.

El rostro de Kamel era una máscara de deseo contenido cuando bajó la boca y besó con voracidad los labios separados de ella. Hannah se quedó inerte entre sus brazos y se entregó a la embestida ávida y sensual de sus besos. Parecía como si fuese a bebérsela y a ella no le importaba lo más mínimo, al contrario, lo deseaba.

—No puedo saciarme de ti —reconoció él con la voz ronca y entre jadeos.

—Lo dices como si pareciera algo malo —susurró ella.

Kamel le acarició la cara y la estrechó más contra él para que notara lo mucho que la deseaba.

–¿Te parece que eso es malo? –preguntó él.

–Kamel... –era una tortura estar tan cerca sin estar todo lo cerca que anhelaba estar–. Me siento... Eres...

No pudo terminar la frase por el beso de él y no se dio cuenta de que estaba desnuda de cintura para arriba hasta que llegaron al borde de la piscina y vio la camisa flotando en el agua. ¿Cómo era posible? No se lo preguntó mucho tiempo. Dominada por un anhelo elemental, estrechó los pechos hinchados contra el pecho de él y le rodeó la cintura con las piernas mientras introducía la lengua en la boca de Kamel.

–Espera... voy a...

Él le soltó las manos del cuello y la apartó de él.

–¡No! –exclamó ella abriendo los ojos.

Kamel la agarró de la cintura y la sentó en el borde de la piscina. Él salió un segundo después y la ayudó a levantarse. La tomó en brazos y se dirigió hacia el césped con un arroyo flanqueado por árboles que bajaba hacia el bosque que rodeaba la casa por tres lados.

–No podemos... alguien nos verá –se quejó ella con poco convencimiento.

–Te prometo que aquí no hay paparazzi.

–Estaba pensando en la gente que trabaja aquí.

Admiraba su confianza y se dejó convencer por la voracidad de sus besos. La verdad era que no habría podido parar aunque hubiese querido, y no quería.

La tumbó sobre el césped y notó la delicadeza de esa hierba en la espalda desnuda. La luz del sol se colaba entre las hojas de los árboles y dibujaba todo tipo de sombras sobre su piel. Le costaba respirar y los músculos del vientre se le contrajeron cuando él se arrodilló a su lado.

Él se inclinó con el cuerpo en tensión mientras se grababa la imagen de ella en las retinas. Era una imagen que conservaría siempre. El rubor de excitación en sus mejillas, los labios carnosos entreabiertos... Era la encarnación de la tentación y tendría que ser mucho más fuerte de lo que era para resistirla. No pensaba resistirse, solo quería reclamar lo que era suyo arrastrado por un instinto tan primitivo y viejo como el hombre.

Notaba sus ojos clavados en él mientras le bajaba la falda. El apremio que le bullía en la sangre hacía que fuese torpe y le rompió las diminutas bragas de encaje cuando intentaba quitárselas. Sin nada que lo tapara, su cuerpo era suave y blanco, tan perfecto que no podía respirar. Le acarició los pechos y le pasó los pulgares por los pezones antes de tomárselos con las manos.

Ella cerró los ojos para concentrarse en lo que sentía cuando él le recorría el abdomen con las manos curtidas. Levantó los brazos hacia él, quien, con los ojos como ascuas por un deseo que lo estremecía, se arrodilló a horcajadas sobre ella y le separó los muslos sin dejar de mirarla a los ojos. Ella tenía la piel fría por fuera, pero por dentro estaba ardiente. Cerró los ojos y entró profundamente para sentir toda su humedad abrasadora.

—Agárrame.

Ella le rodeó la cintura con sus piernas interminables y se cimbrearon juntos para alcanzar un clímax que los dejó sin respiración.

Hannah, con el cerebro empapado de placer, pensó que haría cualquier cosa. ¿Hasta compartirlo? Sintió vergüenza de sí misma solo de pensarlo, pero ¿cuál era la alternativa? ¿Podrían llegar a un acuerdo?

—Entiendo que habrá otras mujeres —la verdad le dolía, pero tenía que ser madura en eso—. Supongo que no debería haber reaccionado como lo he hecho. Si tú...

—No lo digas —le interrumpió él con frialdad—. No necesito tus bendiciones para acostarme con otras mujeres.

–Sé que no necesitas mi permiso –reconoció ella en tono abatido.

Él levantó la cabeza del pecho de ella haciendo un esfuerzo para contener la indignación aunque poco tiempo antes habría agradecido esa actitud adulta.

–Solo tú puedes decir algo así en un momento como este. No estoy pensando en otras mujeres durante todos los segundos del día. Estoy pensando en ti. Además, ahora mismo, estoy pensando en repetir esto en la cama. ¿Prefieres hablar o hacer un bebé?

–Pero creía que tú querías...

–¿Cómo puedo saber lo que quiero cuando te empeñas en decírmelo? Ven conmigo y te diré lo que quiero.

–Es una buena idea –concedió ella.

Capítulo 11

EL TELÉFONO sonó en mitad de la segunda noche de su luna de miel. Kamel la apartó de encima del brazo dormido y lo contestó con el otro.

–Tengo que irme.

–¿Qué pasa?

Kamel colgó el teléfono. Estaba pálido.

–¿Tu tío...?

–No, gracias a Dios, no es él.

Ella sintió alivio. Sabía cuánto quería a su tío y, a juzgar por algunas cosas que le había oído decir, creía que no tenía prisas por subir al trono. En realidad, aunque fuese inexplicable, tenía la impresión de que Kamel no se consideraba apto para ocupar el lugar de su primo. Según las pocas veces que Kamel había hablado de las virtudes de su primo, las que lo convertían en el heredero perfecto, eran virtudes que él también tenía y en abundancia.

–Ha habido un terremoto.

Hannah lo miró boquiabierta.

–Rafiq se quedará aquí contigo.

–Buena suerte y ten cuidado –le deseó ella aunque le habría gustado que le pidiera que lo acompañara.

–Mi tío tiene que sentir la pérdida de Hakim en ocasiones como esta. Fue ilógico, nunca tendrá ningún sentido. Él tenía la capacidad de...

Hannah no pudo morderse más la lengua.

–Estoy segura de que tu primo era un hombre maravilloso y es tristísimo que ya no esté, pero también estoy completamente segura de que no era perfecto. Si lo hubiese sido, no te habría robado la mujer que amabas. Tú eres tan válido como él y tu tío es afortunado por tener a alguien tan entregado.

Se hizo un silencio muy largo, hasta que él resopló.

–Has oído habladurías, ¿no? Cabía esperarlo. Lo que no te han dicho es que Hakim, al contrario que yo, quería ser rey. Yo no soporto la idea. Además, tenía a Amira para que lo apoyara, lo cual era esencial para él.

Últimamente se había dado cuenta de que podía pensar en cuánto se adoraban sin sentir celos ni tristeza. Era una carga que ya no llevaba.

Ella se quedó atónita y miró hacia abajo como si esperara ver un puñal clavado en el pecho.

–Tú me tienes a mí.

–No te preocupes –replicó él interpretando mal su reacción y su tono inexpresivo–. No espero que vayas de mi mano –Kamel hizo una pausa y se aclaró la garganta–. Amira se crió para llevar esta vida y conocía las presiones.

Hannah miró hacia otro lado para no ver el dolor y la añoranza en el rostro de Kamel y se acordó de que Raini había dicho que sería una reina muy guapa.

–Es posible que yo no entienda lo que es ser reina –reconoció ella–, pero sí entiendo que, aunque no los soportes, te entregas completamente y eso te convertirá en un gran rey algún día –ella se sonrojó cuando él la miró penetrantemente–. Un rey debe tener una arrogancia inaceptable en otro trabajo.

Kamel se rio y la besó en la boca. Ella no supo cuánto tiempo se besaron, pero fue lo suficiente para saber que se había enamorado, y que el hombre al que amaba siempre la vería como una mala imitación del amor de su vida.

Un mes después del terremoto, que no causó ninguna muerte pero que destruyó una central eléctrica, Hannah estaba desayunando sola. No tenía prisa porque la ceremonia de inauguración de un colegio se había pospuesto inesperadamente. Cuando preguntó el motivo, su secretario fue misteriosamente ambiguo, pero, probablemente, ella estaba viendo cosas que no existían.

Como pasaba con ese día. Que nadie se hubiese acordado de que era su cumpleaños no significaba que no tuviese amigos, que nadie la echaría de menos si no estaba allí. Tomó el tenedor y removió el salmón ahumado y los huevos revueltos. Tenían un aspecto delicioso, pero no tenía hambre, aunque eso no tenía nada que ver con que fuese su cumpleaños y nadie se hubiese acordado. En realidad, ya le había pasado otros días de esa semana. Dejó el tenedor y se recordó que ya no era una niña, que los cumpleaños ya no eran tan importantes, aunque el año pasado, su padre, quien siempre lo celebraba por todo lo alto a pesar de los recuerdos que ese día tenían para él, o precisamente por eso, había invitado a sus amigas a pasar un día en un spa.

En un sentido pragmático, era imposible pasar un día en un spa con unas amigas que estaban a cientos de miles de kilómetros de distancia y, al parecer, su padre se había olvidado. ¿Ojos que no ven corazón que no siente? Lo había llamado dos noches seguidas y él no había descolgado ni contestado sus mensajes de texto. Parecía como si hubiese decidido que ella era un asunto de Kamel, y Kamel se había levantado a una hora intempestiva.

–Hasta luego –se había despedido él después de darle un beso.

–¿Hasta cuándo? –había preguntado ella casi sin poder abrir los ojos.

Le impresionaba que pudiera gastar tanta energía por la noche y estar fresco y dinámico por la mañana. ¿Cambiaría ella las noches de pasión por una cara fresca por las mañanas? Ni siquiera tenía que preguntárselo, la respuesta era evidente.

La idea de acabar en brazos de Kamel por la noche era lo único que hacía que pudiera soportar los días largos y agotadores algunas veces. Había tenido que aprender muchas cosas y, de repente, se había encontrado con un secretario personal y una agenda de compromisos oficiales. Además, ella había tenido parte de la culpa. Aunque su consejero le había aconsejado que fuese prudente al principio, ella había accedido a prestarse a cualquier causa que le parecía digna de ello. En ese momento, había tantas causas que había tenido que ser un poco más selectiva. Había comprendido que su vida no iba a ser ociosa y había dejado de pensar que la vida de Kamel era todo oropel y frivolidad. Trabajaba más que nadie que hubiese conocido y en cuanto a la frivolidad... algunas de sus obligaciones eran muy aburridas y las otras se movían en la cuerda floja de la diplomacia.

Nunca se quejaba y ella nunca le decía cuánto lo admiraba. No había vuelto a hablar de Amira, pero su presencia invisible seguía allí. Al terminar la jornada, podían cerrar la puerta al resto del mundo, pero no a su amor muerto. Era omnipresente y ella sabía que nunca estaría a su altura. También le preocupaba que se le escaparan esas palabras prohibidas en un momento de pasión y hacía un esfuerzo para mantener el dominio de sí misma cuando hacían el amor. Kamel quizá lo sospechara porque algunas veces la miraba de una forma muy rara.

Levantó la taza de café mientras se preguntaba cómo reaccionaría. Dio un sorbo y vio un sobre con rebordes dorados y su nombre escrito con una letra muy conocida. Derramó el café por las prisas para abrirlo y no tardó mucho en leer la nota que había dentro. *Tu regalo de cumpleaños está en la cocina.* ¡Sabía que era su cumpleaños y le había comprado algo! Se levantó de un salto y dio un grito de alegría, como la niña que ya no era.

El avión privado seguía esperando. El mal tiempo había retrasado el vuelo. Esas cosas pasaban y siempre podía elegir entre darse de cabezazos contra una pared o no dárselos.

Kamel ahorraba las fuerzas para situaciones trascendentes, pero ese día había tenido que hacer un esfuerzo. Era casi medianoche cuando su coche cruzaba las verjas del palacio y apretaba los dientes por la impaciencia.

Ya había comprado regalos para mujeres, casi siempre alguna fruslería cara, y daba por supuesto que les gustaría. La fruslería que le había comprado a Hannah era muy distinta. Los titulares de los periódicos habían hablado del precio récord que había alcanzado en la subasta.

Había sido hacía dos semanas, una noche que, mientras trabajaba después de cenar, como casi siempre, se preguntó qué estaría haciendo Hannah. Pasaba todas y cada una de las noches con ella y la veía por las mañanas. Su secretario personal le comentaba la agenda de ella para el día. Algunas veces cenaban juntos, ¿pero después...? Nunca se le había ocurrido preguntarse qué hacía ella después y se lo preguntó a Rafiq.

–La princesa da un paseo y suele pasar un rato en el saloncito. Le gusta ver la televisión.

–¿La televisión?

–Sí –contestó Rafiq–. Creo que sigue un programa de cocina. Algunas veces lee. Creo que puede sentirse sola –añadió el hombre como una torre sin cambiar de expresión pero consiguiendo dar un tono de reproche.

–Puedes retirarte.

La larga relación y el respeto que sentía hacia ese hombre le impidieron que dijera nada más, pero le irritó que su empleado considerara que podía recordarle que estaba descuidando a su esposa. Si se sentía sola, solo tenía que decírselo. El problema era que ella no tenía buen juicio ni aceptaba los consejos. Había aceptado demasiado trabajo a pesar de que él le había dado instrucciones a su secretario para que tuviera pocas obligaciones. Ella no le había hecho caso, ella había... Su rabia se disipó inesperadamente y se quedó frente a la realidad. La había descuidado, la había evitado fuera del dormitorio. Sin embargo, si iban a ser padres, deberían entenderse fuera del dormitorio por el bien de su hijo.

Estaba sola, lejos de su país y de sus amigos y familiares, en un entorno extraño que se regía por normas desconocidas... ¿Y había necesitado que alguien se lo dijera?

Ella no se había quejado y él se había alegrado y se había sentido aliviado. Decidido a remediar su abandono, fue a comprobarlo por sí mismo, pero cuando entró en el saloncito, se encontró a Hannah sentada en el sofá con las piernas cruzadas, viendo la televisión y riéndose. Pareció sorprendida de verlo, pero no especialmente interesada. Estaba más interesada por la televisión y, naturalmente, fue un alivio descubrir que no necesitaba que él la entretuviera.

–¿Una comedia?

Él se sentó en el brazo del sofá y miró alrededor. Entraba muy pocas veces allí, pero supo que se habían hecho algunos cambios. No solo la televisión y los almohadones de colores, sino que donde antes había un cuadro muy grande, en ese momento había una fila de fotos en blanco y negro de paisajes montañosos. Sobre la mesa había un trozo de madera pulida por el mar y unas conchas junto a un montón de novelas de bolsillo.

–El cuadro me deprimía y las otras cosas están guardadas en algún sitio –le explicó ella.

–Es un consuelo. No sabía si las habías empeñado.

Ella lo miró como si no supiera si era una broma o no.

–No quiero interrumpir tu comedia.

–Es un concurso de cocina. Se le ha bajado el suflé.

–¿Eso es bueno?

Ella lo miró con lástima y sacudió la cabeza.

–Si no lo remedia con los bollos, está eliminado.

Él se había quedado, no porque le divirtiera el concurso, sino porque le pareció contagioso lo que estaba disfrutando Hannah. Mirarla era cautivador, le fascinaba mirar su cara mientras animaba a su favorito, le encantaba el sonido de su risa y él también se rio cuando, según ella, un concursante la había fastidiado.

Cuando terminó el programa, él estaba sentado al lado de ella y era demasiado tarde para volver a trabajar. Aceptó una segunda copa de vino y vio un documental con ella. Entonces, descubrió que Hannah, famosa por su gélido dominio de sí misma, lloraba

fácilmente y se reía con más facilidad todavía. Su máscara escondía a alguien cálido, espontáneo y aterradora-
mente emocional. Llevaba tanto tiempo fingiendo ser
alguien que no era que se preguntó si se acordaría de
por qué se había puesto esa máscara. Sin embargo, según lo que había investigado, los disléxicos desarrolla-
ban mecanismos de defensa.

Desde entonces, se acostumbró a dejar de trabajar un
poco antes para estar con ella. La noche que recibió el
regalo que le había comprado para su cumpleaños, dejó
de trabajar completamente, fue al saloncito y se sintió
complacido consigo mismo mientras se imaginaba la
reacción de ella cuando abriera el regalo a la semana siguiente.

–¿No ves el programa de cocina?

–No –ella lo miró con los ojos irritados–. Es demasiado pronto. Esto es una colecta contra el hambre.

Después de la colecta llegó un noticiario donde la
cabecera no era el hambre, sino el precio récord que había pagado un comprador anónimo en una subasta por
un diamante. Cuando ella condenó una sociedad donde
la gente daba más valor a una piedra brillante que a las
vidas de los niños, él estuvo completamente de acuerdo,
le vendió al anillo que le había comprado al siguiente
pujador e hizo una donación muy considerable a la colecta contra el hambre. Luego, se pasó la noche pensando qué podía comprarle a una mujer que podía tener
cualquier cosa y no lo quería. No había sido fácil para
un hombre que nunca había pensado en un regalo,
aparte de firmar el cheque, pero creía que la solución
era acertada. ¿Lo creería Hannah?

En algún momento tendría que preguntarse por qué
le importaba tanto complacerla, pero lo dejaría para el
día siguiente. Ese día, todo iba como la seda. Ese ma-

trimonio podía haber sido un desastre absoluto, pero no
lo era.

La música que oyó cuando entró en los aposentos lo
llevó al salón. Era una balada sexy. La habitación estaba vacía, pero las puertas de la terraza estaban abiertas
y la mesa estaba puesta para dos con rosas y velas. Las
rosas estaban mustias, las velas estaban gastadas, la botella de champán en el cubo de hielo estaba vacía y los
platos también. Estaba intentando entender la escena
cuando Rafiq apareció.

—¿Dónde...?

—¿Creo que están en la cocina?

—¿Están?

—El chef sigue aquí.

Rafiq abrió la puerta de la cocina, pero ni ella ni el chef
que había llegado en avión para darle una lección personal lo oyeron. ¿Tendría algo que ver con la botella vacía
y las dos copas de la mesa? ¿Solo estarían pasándo-
selo muy bien? Él, con una sonrisa tan falsa como su
bronceado, estaba contándole una anécdota plagada
de nombres conocidos. Sin embargo, Hannah no tenía
una mueca de disgusto, sino que estaba escuchando aten-
tamente y entre exclamaciones de asombro. No estaba
sola ni lo echaba de menos.

Frunció el ceño, se colocó bien la corbata y entró.
Había pagado a ese hombre para que diera lecciones de
cocina a su esposa, él podía ocuparse de lo demás.

—Feliz cumpleaños.

Hannah giró la cabeza cuando oyó la voz que había
estado esperando oír durante toda la noche y se levantó
de un salto, pero contuvo el impulso de abalanzarse sobre él.

Para él, su reacción tuvo todos los indicios del re- mordimiento.

—¿Has pasado un buen día? —preguntó él mientras miraba al chef, quien se había levantado lentamente.

—Sí, gracias.

Su respuesta y su actitud, que le recordó a la de una niña en el despacho del director del colegio, lo enojó más todavía.

—Había hecho la cena, pero tú...

—Se ha perdido una cena fantástica —intervino el chef—. Esta chica tiene mucho talento.

—Esta chica es mi esposa.

Se había pasado el día siendo amable con distintos majaderos, pero ya estaba bien.

—Hannah es una alumna estupenda. Con mucho ta- lento.

—Sí, ya lo ha dicho. Gracias por haberla acompa- ñado, pero me gustaría desear feliz cumpleaños a mi es- posa, solos. ¿Quiere que alguien lo acompañe a su dor- mitorio o...?

—Puedo ir solo. Buenas noches a todos.

El chef se marchó y Hannah dejó escapar un suspiro de alivio.

—Menos mal...

La reacción de ella hizo que su hostilidad se disipara casi por completo.

—¿Te ha gustado tu regalo de cumpleaños?

—¡Ha sido el mejor regalo de cumpleaños que he te- nido jamás! Todo había ido sobre ruedas hasta que em- pezó a beber y... —ella sacudió la cabeza—. Empezó a contarme la misma historia una y otra vez y no podía librarme de él. Menos mal que has llegado. Estaba dis- puesta a esconderme en la despensa, pero, por otro lado, ha evitado que me preocupara. Papá no ha llamado. Espero que esté bien. Unos años lo lleva peor que otros.

—¿Peor? —preguntó él sacudiendo la cabeza.

—Perdona, lo he dicho como si lo supieras.

Kamel hizo un esfuerzo para dominar su desesperación por tener que sacarle todo con sacacorchos.

—Me gustaría saberlo.

—Mi madre murió cuando yo nací. En realidad, murió unas semanas antes. Fue una muerte cerebral, pero la mantuvieron viva hasta que yo pude nacer. Papá estuvo a su lado día y noche y, cuando yo nací, le apagaron el sistema de respiración artificial. No me extraña que tardara meses en poder mirarme. Ella habría vivido de no ser por mí.

Ella lo miró y a él se le encogió el corazón.

—Tu padre no te culpa por la muerte de tu madre.

Ningún padre haría eso a una niña inocente. Lo más probable, conociendo a Hannah, era que ella se culpara a sí misma. ¿Cómo había podido pensar que esa mujer era egoísta y frívola?

—Bueno, si lo hiciera, supongo que me ha malcriado para compensarlo. Ojalá hubiese llamado.

—Tu padre estará bien.

Ella asintió con la cabeza y se fijó en las arrugas de cansancio de su rostro. Seguramente, había pasado un día espantoso, el mismo día espantoso que había hecho que entrara allí con ese aire amenazante. Le había recordado a una pantera en tensión.

—Ven —le pidió él con la voz ronca y un brillo en los ojos.

—¿Por qué? —preguntó Hannah con un cosquilleo en las entrañas.

—Porque quiero remediar el haberme perdido tu cumpleaños.

Quería remediar cada momento de dolor que había pasado en su vida.

—¿Qué estás pensan...? —ella soltó un grito cuando él la tomó en brazos—. ¿Qué estás haciendo?

—Voy a llevarte arriba para darte el resto de tu regalo de cumpleaños. Podría llevarme algún tiempo —añadió él mirándola con los ojos velados por el deseo.

Capítulo 12

HANNAH se quitó los zapatos con los pies mientras entraba en el dormitorio. Kamel se quedó apoyado en el marco de la puerta y la miró mientras se sentaba en la silla del tocador e intentaba quitarse el collar de zafiros que llevaba. Nunca había pensando que la nuca de una mujer podía ser erótica, pero todo lo referente a su esposa era excepcional. Esa noche, cuando había entrado en el salón junto a él, estaba literalmente temblando de miedo, pero nadie había podido darse cuenta mientras sonreía y encandilaba a los invitados a la cena de Estado.

El inmenso orgullo que había sentido al observarla al otro lado de la mesa, elegante y encantadora, solo había podido compararse al arrebato protector que había sentido cuando, durante el besamanos que siguió al banquete, Hannah había mostrado un interés que pareció verdadero por todas las personas, de distintas categorías, que hicieron fila para saludarla, como pareció verdadero el miedo que captó en sus ojos cuando ella vio al coronel de Quagani. El momento pasó y ella se repuso, pero él estuvo pendiente del militar. Lo habría expulsado personalmente si hubiese mirado inconvenientemente a Hannah, aunque eso hubiese significado un conflicto diplomático.

–Déjame.

Ella lo miró en el espejo y no disimuló el placer que le daba que le rozara el cuello con los dedos.

–Gracias.

Él se detuvo porque le pareció que ella iba a decir algo, pero, como si hubiese cambiado de opinión, se limitó a bajar la cabeza mientras él le dejaba el collar en la mano.

–Lo has hecho muy bien.

El comentario hizo que ella soltara el suspiro que había estado conteniendo toda la noche.

–¿He aprobado?

–¿Te ha parecido un examen? –la idea lo desasosegaba–. No están poniéndote notas, Hannah. Nadie está juzgándote.

Ella se encogió de hombros. Ya llevaba bastante tiempo allí como para saber algo de la política local y que no gustaba en ciertos sectores. Había más de uno que estaba esperando a que patinara. Nunca sería Amira, pero estaba dispuesta a demostrar que se equivocaban.

–Y yo menos que nadie –añadió él.

Los problemas de confianza con Hannah habían desaparecido hacía tiempo. Muchas veces la miraba y se preguntaba cómo había sido posible que la hubiese considerado fría y mimada durante un solo segundo. Él no se miraba muy profundamente a sí mismo y podía ser porque sabía que no le habría gustado lo que habría visto. Una vez le dijo a Hannah que depusiera las armas, pero, en ese momento, se daba cuenta de que debería haberse dado el consejo a sí mismo. Él había considerado el matrimonio como una sentencia a cadena perpetua y no había hecho frente al resentimiento por el papel que le había tocado. Hannah le había obligado a hacerlo.

Él nunca, ni por un segundo, había pensado que el matrimonio podía ser mejor que la vida que había dejado escapar. Se había empeñado tanto en considerarse alguien que había perdido la ocasión de ser feliz que no la vio cuando la tuvo delante de las narices. Aun así, había un nubarrón. Hannah lo recibía con los brazos abiertos en su cama, pero notaba que se contenía. Más de una vez había estado a punto de preguntarle qué pasaba, pero no lo había hecho. Podría decírselo y era posible que a él no le gustara la respuesta.

A ella se le hizo un nudo de lágrimas en la garganta cuando él dijo que no la juzgaba.

—Me daba miedo —reconoció ella.

—Lo sé.

—Era raro estar sentada al lado del hombre que tuvo mi destino en sus manos —el protocolo la había sentado al lado del imponente jeque Malek—. Podría haber firmado mi sentencia de muerte.

—¡No!

Su vehemencia hizo que ella hiciera una pausa y que le acariciara la mano. Él relajó los dedos por el contacto.

—Esta noche me ha hablado de su colección de rosas y me ha invitado a ver sus jardines.

Kamel dejó escapar un silbido y puso una mano en su hombro.

—Es un honor. Yo no he recibido esa invitación todavía. Es lo más solicitado de la ciudad.

Él se inclinó y ella cerró los ojos, pero sus labios no recibieron el beso que esperaba. Volvió a abrir los ojos con el ceño fruncido y lo vio buscando algo en el bolsillo de la chaqueta.

—Casi se me olvida. Creo que esto es tuyo.

Ella frunció más el ceño y negó con la cabeza mientras miraba el sobre marrón y grueso.

—No es mío.

—Lleva tu nombre —replicó él mientras le daba la vuelta.

Ella abrió el sobre y miró a Kamel sospechando que podía ser su manera de darle una sorpresa.

–No habrá un chef famoso dentro, ¿verdad?

–Su vanidad no cabría en toda la habitación, imagínate en un sobre.

–¿De dónde ha salido? –preguntó ella dando la vuelta al sobre y sin ganas de abrirlo del todo.

–Alguien vio que se te caía y se lo dio a alguien que me lo dio a mí. Supuse que se te había caído del bolso.

–En mi bolso solo cabe el lápiz de labios –replicó ella en tono burlón.

–Entonces, ¿para qué lo llevas? –preguntó él con perplejidad.

–Solo un hombre peguntaría eso.

–¿Qué es? –preguntó él mientras ella vaciaba el sobre en el tocador.

–No tengo ni idea –contestó ella mientras miraba una fotos sujetas con un clip y una tarjeta–. Aquí pone... ¡Investigador privado!

Kamel recogió las fotos y solo miró la primera. Apretó los dientes con todas sus fuerzas.

–¿Qué pasa? –preguntó ella.

Él quitó el clip y dejó las fotos en el tocador como si fuesen unos naipes. Ella las miró y las náuseas que había estado sintiendo toda la noche volvieron con virulencia. Había dos personas en cada foto y, aunque las habían sacado con teleobjetivo y tenían bastante grano, una de las caras y uno de los cuerpos eran inconfundibles.

–Creía que las teníamos todas –comentó él con rabia.

Naturalmente, una vez que las imágenes llegaban a Internet, se quedaban allí para siempre, pero la persona que había sacado esas había sido muy pragmática. Solo le interesaba el dinero, no incomodar a nadie.

—¿Las conocías? —preguntó ella llevándose un puño a los labios.

—Las sacaron mucho antes de que nos casáramos. Lo sabes, ¿verdad?

Podría haber añadido que el vestido que llevaba ella era ese dorado que había sido el detonante de la pelea en la piscina, pero no hacía falta. Tampoco hizo falta que le preguntara si había contratado a un investigador privado, sabía que no lo había hecho. Eso solo era un intento perverso de sembrar cizaña y solo podía dar resultado en un matrimonio sin confianza.

—¿Me crees, Hannah? ¿Confías en mí?

Reconocerlo sería lo mismo que decir que lo amaba. ¿Estaba dispuesta a hacerlo? Se dio cuenta de que lo amaba mientras también se daba cuenta de que, si no se daba prisa, vomitaría encima de sus lustrosos zapatos. Lo miró con angustia, fue al cuarto de baño con una mano en la boca y cerró la puerta. Cuando terminó de vomitar, se lavó la cara y se miró al espejo. Parecía un cadáver, pero se puso muy recta y abrió la puerta. Era el momento de dejarlo claro. Le diría que no solo confiaba en él, sino que le confiaba su vida y la del bebé que estaba esperando.

Sin embargo, la habitación estaba vacía. La decepción fue enorme, pero duró muy poco. Repasó la conversación que tuvieron antes de que se fuera al cuarto de baño y se puso en el lugar de él. Le había preguntado si confiaba en él y ella se había marchado. ¿Qué estaría pensando? Pensaría que ella no confiaba en él. Impulsada por la necesidad de decirle que ella no era así, se puso unas zapatillas de deporte y abrió la puerta. El guardaespaldas se echó a un lado.

—¿Adónde ha ido?

Él la miró con una expresión de preocupación.

—¿Le busco a alguien para que...?

—No, ¡dime a dónde ha ido!

Él, después de un silencio que a ella le pareció eterno, señaló con la cabeza a la puerta que daba a una escalera de caracol que llevaba a la puerta lateral de sus aposentos. Hannah sonrió con agradecimiento y el hombre descomunal se sonrojó, pero ella no se dio cuenta. Salió corriendo hacia la puerta, le dio las gracias por encima del hombro y se frenó al acordarse del bebé.

El optimismo se desvaneció en cuanto salió y no vio a nadie entre los limoneros que crecían en un césped perfectamente cortado. Estaba a punto de reconocer la derrota cuando vio a una figura que había estado escondida por un desnivel del terreno.

—¡Kamel!

Quizá no la hubiese oído o quizá no le hubiese hecho caso. Él volvió a desaparecer, pero ella apretó los dientes decidida a que la escuchara o a morir en el intento. Se acordó de que había dicho que era melodramática. Intentó llamarlo otra vez, pero las lágrimas le habían formado un nudo en la garganta. Se tragó las lágrimas y la opresión que sentía en el pecho, fue hasta la elevación del terreno y lo vio entrar en el inmenso garaje.

Con una coordinación despiadada, rodeó el edificio justo cuando un coche deportivo salía levantando una nube de polvo y se esfumaba. Hundida, se detuvo para tomar aliento y se llevó una mano al dolor que sintió en un costado. Sintió un momento de pánico antes de recordarse que había mujeres embarazadas que hacían esfuerzos físicos mucho mayores que correr unos metros. Aunque su problema era que no estaba en forma. En realidad, no era su único problema. ¿Por qué había dudado? Si le hubiese dicho lo que sentía, no habría tenido que decirle que confiaba en él. Sin embargo, se había cubierto las espaldas, se había protegido del hombre que, intencionadamente o no, le había enseñado qué era el amor.

Habían pasado unas semanas desde que se lo había reconocido a sí misma y había estado demasiado asustada para mostrarle que lo amaba. Le asqueaba su propia cobardía. Quizá solo fuese sexo para él, pero tenía que saberlo. Necesitaba saberlo, necesitaba decirle que ella estaba viva y Amira muerta. Tenía que ser valiente por el bebé.

Se inclinó hacia delante para recuperar la respiración. Era el momento de ser sincera. Si no lo era, su propia inseguridad agrandaría el abismo que se había abierto entre ellos esa noche. Estaba tan absorta en su conversación consigo misma que, cuando se incorporó y se apartó el pelo de la cara, estuvo a punto de no ver la figura que salía del garaje con un bastón, la figura del coronel. Por instante, se quedó paralizada por el miedo. Se sintió arrastrada otra vez al cuarto de sus pesadillas, a la luz blanca y cegadora, a las manchas en la pared, al sonido siniestro del bastón.

Sin embargo, él no estaba haciendo ningún ruido con el bastón, no estaba llamando la atención. Se dirigió hacia la vivienda de los empleados mirando disimuladamente a izquierda y derecha. Por un segundo, pareció como si la hubiese mirado a ella, quien, con el vestido claro, se sintió como si la iluminara un foco. Sin embargo, él se dio la vuelta y se alejó apresuradamente.

Ella no volvió a respirar hasta que él desapareció. Estaba avergonzada por haber tenido tanto miedo. Él ya no podía hacerle nada. Nunca había podido, solo había intentado intimidarla. Era inofensivo. Sin embargo, se estremeció al recordar la expresión que vislumbró en él cuando miró a Kamel esa noche con sus ojos gélidos.

Ya era demasiado mayor para creer en el hombre del saco. Se dio la vuelta para volver por donde había llegado, pero se resbaló. Milagrosamente, consiguió no caerse, pero se torció el tobillo. Se miró el pie para comprobar si se había hecho algo y vio una mancha negra en el suelo. Había un reguero de manchas parecidas que iba hacia el garaje. Lo siguió con la sensación de que había algo que no iba bien del todo y llegó al edificio donde Kamel guardaba su colección de coches. Ya la había visto antes aunque los coches de época no le interesaban gran cosa. Las luces estaban apagadas, pero el sensor las encendió y pudo ver las filas de coches resplandecientes. Solo faltaba uno, el coche deportivo que se había llevado Kamel. El reguero de manchas llegaba justo hasta el sitio vacío que había ocupado.

Si bien los coches no le interesaban gran cosa, aprendió a conducir cuando cumplió diecisiete años con la condición de que también recibiera algunas clases de mecánica elemental. Algunas cosas se le habían quedado grabadas, como el desagradable olor del líquido de frenos. Mojó un dedo en el charco, lo olió y se quedó pálida. Las imágenes se le amontonaron en la cabeza. El odio en los ojos de ese hombre, su manera tan furtiva de salir del edificio. ¿Por qué no se había enfrentado a él? ¿Se habría atrevido ese cobarde a...? Dejó de darle vueltas, pero no pensó en el guardaespaldas que, con toda certeza, estaría relativamente cerca ni en el teléfono que había en la pared. Salió corriendo.

El complejo del palacio parecía más un pueblo pequeño que una residencia única y, aunque se podía ir directamente a las verjas de entrada, también había un camino que daba un rodeo. Hacía poco, se había quejado porque Kamel lo usaba como si fuese un circuito de carreras privado. Él se había reído cuando ella cerró los ojos y gritó convencida de que se estrellarían contra la tapia al tomar la última curva.

Sin frenos... Sacudió la cabeza para borrar la imagen y siguió corriendo. A pie, podía tomar un camino mucho más corto y directo. Tenía que detenerlo antes de que... Se negó a pensar que no llegaría a tiempo. Sin embargo, sus pulmones estaban a punto de estallar y, además, cuando se paró para recuperar el aliento, notó el dolor del tobillo. Entonces, se acordó del teléfono que había en el garaje. Podría haber llamado a la verja de entrada para que alguien avisara a Kamel. Estaba intentando decidir si volvía al garaje o si intentaba interceptarlo cuando vio una bicicleta muy vieja apoyada en una pared. Dio gracias a quien la hubiese dejado allí, se montó y empezó a pedalear.

Kamel había salido disparado del garaje.

Todo sucedió tan deprisa que ni siquiera lo vio con claridad. El coche apareció, ella se arrojó al camino agitando los brazos y el Aston Martin se empotró contra un árbol. ¡Lo había matado! Se sintió vacía y con el cuerpo entumecido, hasta que la puerta del coche se abrió, se descolgó más bien, y Kamel salió muy vivo y muy furioso. Ella empezó a reírse y a llorar a la vez.

–¡Estás loca! ¿Puede saberse qué hacías? ¡Podría haberte matado!

Pálido y alterado, Kamel la agarró con rabia de los hombros y le dio la vuelta. Vio que le caían unas lágrimas por las mejillas y dejó escapar un improperio en voz baja. ¿Cómo podía gritar a alguien en ese estado?

–Acabas de quitarme diez años de vida.

–Tenía que pararte... El coche, los frenos...

–¿Puede saberse cómo te has enterado de los de los frenos? –preguntó él con el ceño fruncido.

Ella se secó las lágrimas con el dorso de la mano y sollozó.

–¿Lo sabías?

–Me paré a unos metros del garaje.

Para preguntarse qué estaba haciendo. ¿Para sofocar un arrebato de furia porque ella no le había declarado su confianza incondicional? Había cambiado la meta de esa relación casi a diario. Al principio, ni siquiera había querido tener una relación. Si tenía que ganarse su confianza, lo haría, o lo intentaría. Había empleado los cambios de marcha para desacelerar hasta que pudiera parar en un sitio adecuado, por eso no había atropellado a Hannah. Cerró los ojos y tragó saliva mientras revivía ese momento de pesadilla cuando ella apareció en el camino.

–Entonces, ¿sabías lo que había intentado hacer él?

–¿Quién ha intentado hacer qué?

–El coronel. Cortó los frenos y creo que puede ser el que mandó las fotos.

La mirada de él se suavizó y le levantó la cara manchada de lágrimas con un pulgar en la barbilla.

–De verdad, cariño, ese hombre no puede hacerte nada y te prometo que no volverás a verlo.

–¡No! –exclamó ella mientras se apartaba de él–. No me mires así y no me trates como si estuviera loca. No me estoy imaginando nada, él quería hacerte algo. Tú lo humillaste. Vi cómo te miraba esta noche y, cuando te seguí, él salía furtivamente del garaje. Luego, cuando vi el líquido de frenos, supe... –Hannah se llevó una mano al pecho para contener un sollozo–. Supe que tenía que pararte.

–¿Me seguiste?

–Acabo de decírtelo, alguien intentó matarte.

–Me ocuparé y lo llevaré ante la justicia si es culpable –Kamel lo dijo sin asomo de duda–. ¿Me seguiste?

Ella asintió con la cabeza.

–¿Por qué?

Volvió a levantarle la cara con un dedo debajo de la barbilla para que lo mirara. Ella lo miró a los ojos y se sintió muy tranquila. Había llegado el momento.

–Porque me hiciste una pregunta y te marchaste antes de que pudiera contestarla.

–Tú te marchaste antes.

–Si no, habría vomitado sobre tus zapatos.

–¿Estás enferma?

–No –contestó ella aunque, por primera vez, le costó aguantar su mirada–. Me preguntaste si confiaba en ti y la respuesta es que confío total y absolutamente. Sé que siempre me respaldas y es una de las cosas que me encantan de ti. Naturalmente, hay un montón de cosas de ti que me desquician, pero eso da igual porque te amo... –ella sonrió vacilantemente porque decirlo no había sido tan complicado como había previsto–. Te amo a ti, entero y verdadero.

Ese era el momento cuando, en sus sueños, él le confesaba su amor por ella. Sin embargo, eso no era un sueño y él se había quedado helado y con los músculos de la cara en tensión. Sin embargo, había llegado hasta allí e iba a seguir hasta el final.

–No pasa nada. Ya sé que el amor no entraba en el trato. Ya sé que... siempre amarás a Amira, pero eso no es motivo para romper el trato, ¿verdad?

Ella notó que el cuerpo de él se relajaba.

–Repítelo. Quiero oírlo.

El brillo de los ojos de él no se dirigía a su cerebro, que la aconsejaba cautela, sino directamente al corazón, que se detuvo antes de desbocarse.

—Te amo, Kamel.

—*Je t'aime, ma chérie. Je t'aime.* He sido demasiado terco, me ha dado demasiado miedo reconocérmelo a mí mismo.

—¿Amira...?

—Amé a Amira y siempre la recordaré con cariño, pero lo que sentí por ella fue... Si creyera que amas a otro hombre, nunca dejaría que te fueses con él. Tengo celos de todos lo que te sonríen. Ese maldito chef...

—¿Celos? ¿No lo dices solo por el bebé? —dejó escapar un gruñido cómico cuando vio la expresión de él—. Todavía no te había dicho nada, ¿verdad?

—¿Un bebé? ¿Estamos esperando un bebé?

Ella asintió con la cabeza y él le acarició el vientre.

—¿Sabes cuánto has cambiado mi vida?

—Creía que eso era precisamente lo que querías.

—Era un necio —él se encogió de hombros—. Tú eras cautivadora, desesperante, valiente y muy hermosa. Entraste en mi vida como una brisa purificadora, una brisa curativa.

La abrazó y ella suspiró.

—Te amo mucho, Kamel. Ha sido un sufrimiento no decírtelo. Tanto que ni siquiera podía relajarme del todo cuando hacíamos el amor por miedo a que se me escapara.

—Entonces, ¿no te habías cansado de mí?

—Eso no pasará nunca —contestó ella entre risas.

Él le puso un pulgar debajo de la barbilla y le levantó la cara.

—Ya puedes decírmelo todas las veces que quieras. Es más, insisto en que me lo digas.

Ella estaba riéndose de felicidad entre sus brazos cuando el guardaespaldas, acompañado por un Rafiq con gesto serio, los encontró.

–Kamel, impídelo. Está llamando a un médico. Dile que no estoy enferma.

Él la tomó en brazos.

–Has tenido un día muy agitado y estás embarazada. Me parece una buena idea que te vea un médico.

–¿Y da igual lo que yo diga?

–Sí.

–Eres insoportable –dijo ella con una sonrisa rebosante de amor.

–Y tú eres mía.

Bianca

La llevó a su dormitorio para disfrutar de ella… pero no esperaba lo que ella le daría a cambio

Al rebelde multimillonario Anton Santini le habían asignado alguien que le protegiera, y ese alguien resultó ser la detective Lydia Holmes. Pero ¿cómo podría una mujer tan seria hacerse pasar por su amante?

A Lydia le resultaba muy difícil mantener su frialdad profesional cuando se encontraba cerca del guapísimo italiano. Al meterse en su nuevo papel, incluso ella quedó sorprendida con su propia belleza. La transformación había sido obra de Anton. Ahora estaba lista para recibir todo lo que él pudiera darle...

Peligro para dos corazones

Carol Marinelli

Acepte 2 de nuestras mejores novelas de amor GRATIS

¡Y reciba un regalo sorpresa!

Oferta especial de tiempo limitado

Rellene el cupón y envíelo a
Harlequin Reader Service®
3010 Walden Ave.
P.O. Box 1867
Buffalo, N.Y. 14240-1867

¡Sí! Por favor, envíenme 2 novelas de amor de Harlequin (1 Bianca® y 1 Deseo®) gratis, más el regalo sorpresa. Luego remítanme 4 novelas nuevas todos los meses, las cuales recibiré mucho antes de que aparezcan en librerías, y factúrenme al bajo precio de $3,24 cada una, más $0,25 por envío e impuesto de ventas, si corresponde*. Este es el precio total, y es un ahorro de casi el 20% sobre el precio de portada. ¡Una oferta excelente! Entiendo que el hecho de aceptar estos libros y el regalo no me obliga en forma alguna a la compra de libros adicionales. Y también que puedo devolver cualquier envío y cancelar en cualquier momento. Aún si decido no comprar ningún otro libro de Harlequin, los 2 libros gratis y el regalo sorpresa son míos para siempre.

416 LBN DU7N

Nombre y apellido	(Por favor, letra de molde)
Dirección	Apartamento No.
Ciudad	Estado	Zona postal

Esta oferta se limita a un pedido por hogar y no está disponible para los subscriptores actuales de Deseo® y Bianca®.
*Los términos y precios quedan sujetos a cambios sin aviso previo.
Impuestos de ventas aplican en N.Y.

SPN-03 ©2003 Harlequin Enterprises Limited

Deseo

LISTA PARA ÉL

KATHERINE GARBERA

El millonario Russell Holloway estaba decidido a seguir soltero a pesar de participar en un programa televisivo de búsqueda de pareja. De la mujer con la que le habían emparejado solo quería que lo ayudara a limpiar su reputación para conseguir la empresa que le interesaba. Nada más… excepto algunas noches de placentera diversión. Gail Little pasó de ser reservada a deslumbrante cuando la prepararon para su primera cita. Aunque la cámara hubiera captado la química que surgió entre ellos, ¿permitiría que el eterno playboy la convirtiera en su mujer… para siempre?

Sexy y soltero…

¡YA EN TU PUNTO DE VENTA!

Una hermosa… ¿ladrona?

Raoul Zesiger tenía todo lo que un hombre pudiera desear, incluyendo a Sirena Abbott, la perfecta secretaria que se ocupaba de mantener su vida organizada. Al menos eso era lo que le parecía hasta que compartieron una tórrida y apasionada noche. Al día siguiente, la hizo arrestar por malversación.

Quizás se hubiera librado de la cárcel, pero Sirena era consciente de que permanecería ligada a Zesiger por algo más que el pasado. Con Raoul decidido a cobrarse la deuda, Sirena se sentía atrapada entre la culpa y una imposible atracción. Pero ¿qué sucedería cuando Raoul descubriera la verdad sobre el robo?

Pasión y castigo

Dani Collins

15